刘琼——著

徽州道上

时代出版传媒股份有限公司
安徽文艺出版社

图书在版编目（CIP）数据

徽州道上/刘琼著.—合肥：安徽文艺出版社，2023.1
（倾听皖美）
ISBN 978-7-5396-7453-7

Ⅰ.①徽… Ⅱ.①刘… Ⅲ.①散文集－中国－当代 Ⅳ.①I267

中国版本图书馆 CIP 数据核字（2022）第 067457 号

出 版 人：姚 巍
策　　划：张妍妍　姚爱云　　　责任编辑：张妍妍　姚爱云
融合编辑：姜婧婧　李雪颖　　　装帧设计：张诚鑫

....

出版发行：安徽文艺出版社　www.awpub.com
地　　址：合肥市翡翠路1118号　邮政编码：230071
营 销 部：(0551)63533889
印　　制：安徽新华印刷股份有限公司　(0551)65859551

....

开本：787×1092　1/32　印张：6.5　字数：70千字
版次：2023年1月第1版
印次：2023年1月第1次印刷
定价：38.00元

....

（如发现印装质量问题，影响阅读，请与出版社联系调换）

版权所有，侵权必究

目　　录

通往查济的路上 …………… 001

泗水流，静静流 …………… 032

环滁皆山水也 …………… 055

到安庆 …………… 067

兰生幽谷无人识 …………… 076

忙踏槐花犹入梦 …………… 107

姨妈 …………… 138

一个人的"五四" …………… 175

保护徽学 …………… 198

通往查济的路上

"武陵深处是谁家,隔河两岸共一查。渔郎不怕漏消息,相约明年看桃花。"明代鸿儒查绛高明,一首诗不着痕迹地含了两处风景:查济和桃花潭。查济在桃花潭的厚岸村,从甘棠开车到查济需要两个小时。

去查济是我的主意。

"十里查村九里烟,三溪环绕万户间。寺庙亭台塔影下,小桥流水杏花天。"这首七绝也曾假查绛之名传播,但情态拘谨,风物描绘更似今天。查济有多少桥?曾经108座,桥桥不相似。查济有多少庙?曾经108座,庙庙有专供。查济有多少塔?青山、如松和巴山三塔环立。小桥今有40余座,祠堂剩30座,庙宇存4座,岑溪、许溪、石溪三水依然穿村而过,"依山建屋、临水结村、推窗见河、开门走桥"的结构不变,查济还是河边美术家画架上的画、诗人眼里的诗。

地灵有人杰。查绛是查济人,清代书画名家查秉钧、查春如也是查济人。

我想去查济,是因为查姓。

小的时候家里来客人,说是查湾人,从此便对这个生在水边的查姓起了兴趣。查姓在安徽很常见。按照百度百科的解释,查姓的来源有二:一是北方的齐国,二是长江中游的楚国。但查济的"查"来自北边的山东,宗谱记载"查姓,出自姜姓,为炎帝后裔",查济的"济"是纪念查姓人祖先的封地济阳。山东查氏迁到安徽应是魏晋南北朝至隋唐年间的事了。河边院落,青苔早已上阶除,查济人说是作家金庸的祖宅。金庸是海宁查氏,海宁查氏的始祖查瑜寻根寻到婺源。婺源查氏的祖先是南唐军事支柱查文徽之弟查文徵。

对金庸,我的兴趣不大,我感兴趣的是海子。海子原名查海生,出生在安庆市怀宁县高河镇查湾村。

学堂

通往查济的路上有条岔道,路牌上写着"歙县"。父亲15岁那年,独自一人从长江下游最大的支流青弋江溯江而上,入太平湖,通过各种交通方式包括步行,到徽州府府治所在地歙县求学。

进山接受教育,对父亲来说,影响了终身。"昔孟母,择邻处",两年后,父亲由歙县中学考入山外的一所高等学校。父亲在歙县求学的寒暑假,来来回回跋山涉水,来时驮着下个学期所需衣物,回时捎着从嘴里节省下来的粮食。老态龙钟的曾祖母倚门远眺,眼泪每每都流出来了。这是从前祖母在世时最爱讲的一段古。当然,在一生以子为荣的祖母看来,这也是她教子有方的铁证。

父亲这条进山求学的路径,在六十年前的皖南不算新鲜。

徽商出山,向西北,第一个大点儿的码头便是芜湖。我们先祖由南昌辗转迁移至芜湖时,芜湖已因南宋后期徽商新兴成为长江下游商旅往来要津。1876年中英签订《中英烟台条约》,芜湖成为通商口岸,此后桅樯竞往、商贾繁忙。城市热闹,教育却不一定是长项,当时皖南著名的学府多在徽州山里。其实,又岂止"当时"?宋元以来,徽州便是全国书院最多的地区之一,明天启六年(1626),御史张讷的奏言"天下书院最盛者,无过东林、江右、关中、徽州"便是一证。关中书院是当时陕西最高学府,东林书院在无锡,明朝时的江右即今江北,东林、江右、徽州都在长江下游流域。

道光《徽州府志》卷三《营建志·学校》对清代徽州书院的盛况作了详细记载。"歙在山谷间,垦田盖寡,处者以学,行者以商。学之地自府县学外,多聚于书院。书院凡数十,以紫阳为大。"这段文字提供了一个重要信息,即从发生学角度,徽州唐宋以后"盛产"学者和商人,实乃耕田稀少谋生艰难所致。祸福相依,久而久之,徽州地界形成了今天我们推仰的耕读商并存的文化生态。《徽州府志》提到的紫阳书院在歙县境内,曾受南宋理宗皇帝御赐匾额,也是朱熹生前两次回乡讲学之地,后来成为祭祀朱熹、宣扬理学的重镇。歙县古属新安郡,紫阳是书院名,故朱熹在文末常署"新安朱熹""紫阳朱熹",以寄托乡思。至于朱熹在《观书有感》里吟咏的"半亩方塘一鉴开,天光云影共徘徊",则是他的出生地南溪学院的醉人景致。这首诗的后两句"问渠那得清如许?为有源头活水来"更出名,几乎成为因果关系的诗化表达。

自宋至清,徽州各地私塾林立、书院密布,县志文书有记载的书院、精舍有260多所,各级学堂明初有462所,清康熙年间有562所。所谓"远山深谷,居民之处,莫不有学有师、有学史之藏",是之谓也。书院和学堂昌盛,人才自然汩汩而出。两组数据可说明之:明清两代徽州本土中举人者996人,中进士者618人,状元仅清一代本籍加寄籍有18人,这是一组豁亮的数字;另一组数字也是"琳琅满目",徽州籍学术名家众多,仅建立开创性功业者,掰掰指头,就有朱熹、程大位、汪道昆、朱升、江永、戴震、俞正燮、王茂荫、胡适、陶行知、黄宾虹等。众多的书院和学堂哺育了徽州乃至皖南的文化盛世。徽州社会的良性循环起于南宋,明清见效,民国时达到高峰。从南宋开始,徽州包括皖南成为中国程朱理学思想的重镇之一,"深巷重门人不见,道旁犹自说程朱"。徽州是朱子阙里,朱子学说对儒家文化的光大与改道早有各种学术研究。乾嘉以后,朴学在皖南呈一时之盛。明清以降,与徽商在全国的经济影响相称,徽州乃至整个皖南文教两界更是空前活跃。徽州绩溪的胡适和安庆怀宁的陈独秀,作为从皖南走到全国的五四新文化运动两大旗手,此后无论寂寞还是热闹,他们早年在中国思想文化领域的叱咤风云,后人恐怕只能望"尘"兴叹。

几百年人家,无非积善;第一等好事,只是读书。世事让三分,天宽地阔;心田存一点,子种孙耕。这副长联或全部或部分地张贴在徽州人家的门扉上,它写出了徽州人的情怀。"海内十分宝,徽商藏三分",在南宋以及明清徽商的黄金年代,徽商有两大特点:一是多"红顶商人",二是多"儒商"。

红顶商人与儒商时有交集,相得益彰,徽商可历宋、元、明、清四代之盛原非偶然。红顶商人可用政治经济学概念解释。儒商即有文化的商人。有文化的徽商,出山挣到钱后,要完成三大预算:扩大再生产、返乡修祖宅、兴办子弟学校。重视扩大再生产,表明徽商已经走出小本经营的格局。徽州民居的好无须赘言,"马头山墙""曲水流觞"都是建筑遗产,马头山墙防火防盗,曲水流觞因势利导。延请良师兴办学校,耕读传世,文商互补,是徽商对故乡的反哺。教育反哺也是文化反哺,行无量之功德。徽商的这两大特点与徽州的生态环境,是鸡和蛋的关系。这个生态是大生态,既包括山水田园自然生态,也包括人伦世道文化生态。背负着宗族文化和地域文化荣光的徽商,把徽州扛在肩上,沿着迢迢山道水路,走进中国大社会。在农耕社会萌发的市场经济里,勤奋肯干的徽商在赢得商业战场战绩的同时,徽州文化也成为天下的向往。程朱理学、桐城学派、五四新文化运动,这些名词如今哪一个说出来不"显出鲜艳的辉煌",照亮了晚近华夏?皖南,因为经济而繁盛,因为战争而衰败,因为文化而享誉至今。

桃花源

徽州学府在山林中低调暗藏,除了可安静读书,还有一层客观原因:可避战乱。

徽州历史上鲜有兵事,在晋末"永嘉南渡"、唐末"安史之乱"后大规模南迁和宋末"靖康南渡"这三次中国历史上的移民大潮中,徽州都是中原士民避难之所。徽州原本山高林密开发晚,随着移民不断迁入,主客通婚、融合,明清时期徽州六县人口总数已近三百万。在生产技术和生活条件相对落后的农耕时代,劳动力等于生产力,人口是最大的红利。明清人口激增,劳动力供给富裕,客观上推动了徽州社会经济发展。

在雄鸡形状的中国地图上,徽州地处黄山与天目山脉之间,居中原偏南,吴头楚尾,与浙西的金、衢、严三州唇齿相依,历代都是各种势力渗透江南的第一道门槛。在用武力说话的政治版图绘制过程中,作为江南门槛的徽州理应战争频仍,但因为山道崎岖,出入皆依靠羊肠小路和蜿蜒河道,徽州以茂林修竹为天然屏障,除了太平军和湘军在其腹内打了十年拉锯战,连凶残的侵华日军也只在昱岭关外兜了几转。当然,侵华日军一定不是想象中的随意和孱弱,他们没有强攻徽州,还有两个客观原因和一个主观原因。两个客观原因之一是,当时国民党刘湘军队所属五个师两个旅约五万兵力,为保卫国民政府的大本营南京,长期据守在广德、泗安两地;广德失守后,二十五军团长潘文华带领余部退守宁国府,在旌德、石台、太平、青阳四县边上竖了一道防线。客观原因之二是,1938年4月4日,新四军总部由南昌迁至歙县岩寺,在皖南打起顽强的游击战。侵略者入侵的战略算盘当然要算边际成本,迅速拿下大中城市和发达地区是他们的首选。几相权衡,易守难攻的徽州被侵略者放弃了。

但是,曾国藩的湘军和洪秀全的太平军不怕游击战,他们在徽州地界进进退退、攻攻守守,拉锯拉了十数年,锯刃飞溅的火花烧伤了整个徽州地界。这是徽州历史上的一场惨绝人寰的噩梦。有人会说"文革""破四旧"对徽州伤害也很大。的确,"破四旧"是徽州的文化浩劫,以致"文革"后很长时间徽州著名的"三雕"木雕、石雕、砖雕上人和动物都没有了脑袋。脑袋没有了可以修复——虽然再也无法还原从前的模样,遗失的传统要重新接续，就不仅仅是技术的需求，还需要时光，需要心力。"破四旧"的文化灾难不说了，此处只说太平军和清军的这场拉锯战。战争的背景是，太平军于广西举旗，迅速北上，定都南京后，图谋用武力清理和控制南京周边的江南一带。太平军攻城略地的战火波及皖南，及至清政府慌忙调兵遣将，曾国藩的湘军和左宗棠部相继增援安徽、江苏、浙江一带并于1864年攻破南京时，战争已过十数年，原本富足的江南鱼米之乡，特别是久避世外的徽州，早已饿殍遍野、人肉可市，成为恐怖之所。根据文书记载，嘉庆二十四年（1819）到光绪三十年（1904）不足一百年间，经历长期的战争杀戮、瘟疫、饥馑、流离之后的徽州，总人口从二百八十九万锐减到七十万,男丁不一二,人家无子息,惨景可想而知。一场战火烧毁徽州积累了整整四个朝代的元气。蒸蒸日上的徽州,经此一役,开始走下坡路。这是徽之殇。20世纪80年代,沿海改革开放大潮涌动,整个徽州几乎被甩到了社会运转的节奏之外,建设和发展再度处于停滞状态。有人说,这是徽州的又一殇。当然,这一殇,如今被解读为"后发展优势"。这是余话了。

陶渊明在《桃花源记》里虚景实写,为世人创造了一个"土地平旷,屋舍俨然,有良田美池桑竹之属。阡陌交通,鸡犬相闻。其中往来种作,男女衣着,悉如外人。黄发垂髫,并怡然自乐"的世外桃源。"问今是何世,乃不知有汉,无论魏晋","世外"是外部形态,也是桃花源的内在气质。陶渊明的这一桃花源牧歌图景问世后,后世之人不断按图索骥,也有好事者曾试图把"桃花源"的名头加给泾县桃花潭,理由是自然物象和生活形态多处相似。现在想来,桃花源原本只是文人如陶渊明的理想国,纵然世间有桃花源,一场战争来临,落英缤纷,满目疮痍,桃花源也变成荆棘所。

连天战火跟前,长不出鲜美芳草。

地名

碧水、郁林、黛瓦、飞檐,这些诗文里千百遍吟咏的物象,还是一等一地停留在时光里。就连大大小小的村落,也还沿用着数百年前的芳名。一千年前也罢,今天也好,徽州都斯文得像诗文。

在"八分半山一分水,半分农田和庄园"的徽州,这一分水的地方,能见到一种捕鱼设施,即在河流中间某个流速恰当的位置用木桩或柴枝、编网等横砌成栅栏,把水流拦截起来,鱼游至此彷徨不定之际,正好张网捕捞。这道堤坝因这种捕鱼功用,拥有了一个形象的名称:鱼梁。比如鱼梁古埠,这是当年徽商出山最古老的码头。但"鱼梁"这个名称,比我们想象的还要古老。《诗经·邶风·谷风》里弃妇以愤恨的口吻说出的一句"毋逝我梁",在东汉《毛诗序》里注为"梁,鱼梁"。唐宋诗文里,"鱼梁"一词出镜率更高,比如,李白有"江祖出鱼梁"(《秋浦歌十七首》),杜甫有"晒翅满鱼梁"(《田舍》),尤其在南宋陆游的笔下,鱼梁简直成了专宠,"山路猎归收兔网,水滨农隙架鱼梁"(《初冬从父老饮村酒有作》)、"云开寒日上鱼梁"(《冬晴闲步东村由故塘还舍作》)、"我归蟹舍过鱼梁"(《湖堤暮归》)、"处处起鱼梁"(《稽山行》)、"绿树暗鱼梁"(《追凉小酌》)……当然,陆游是江南水乡绍兴人,鱼梁是习见之物,以之入诗当在情理之中。

由鱼梁,我甚至想起了浮梁。浮梁一地,今人考证为江西景德浮梁镇,景德是古徽州的紧邻。"商人重利轻别离,前月浮梁买茶去",白居易的《琵琶行》里琵琶女痛恨的浮梁应为市茶之地,由此可见,晚唐时期茶叶买卖已在此地盛行,"徽商"兴起非一时之功。"浮梁",本义为河水中凸起的堤坝,成为地名应是后来的事。

又比如黟县南屏村,这个始建于元明年间的古村,因村南有一道屏障似的南屏山而得名。提到南屏,自然想起了南屏晚钟。虽然全国曾经有许多用南屏冠名的地方,最有名者还数杭州的南屏晚钟,但我更愿意相信,这个词发源于徽州。徽商出山,沿新安江往东,杭州是最繁华的落脚处。当年从绩溪上庄走出去的红顶商人胡雪岩,走到杭州,把买卖做大了,以至今人误认为其为杭州人氏。杭州城里特别著名的张小泉剪刀,它的创始人张小泉同样是从新安江摆渡出去的徽州人。徽商进了繁华闹市,除了带去城里人喜欢的各种山货,也带去了浓浓的乡音,包括一些移情别用的地名。

又比如堂樾和甘棠。想到了什么?当然是《诗经》的《国风·召南·甘棠》:"蔽芾甘棠,勿翦勿伐,召伯所茇。蔽芾甘棠,勿翦勿败,召伯所憩。蔽芾甘棠,勿翦勿拜,召伯所说。"这首诗记录的是西周贤相召伯的故事。召伯为了推行文王政令,深入基层,在一棵甘棠树下办公。召伯"三贴近"的作风深得民心。召伯走后,在百姓的自觉维护下,那棵甘棠树枝繁叶茂、清荫历历,人称"堂樾"或"唐樾",樾即树荫。此即典故"甘棠遗爱"的由来。"甘棠遗爱"也作"召公遗泽",意在颂扬贤明仁爱的朝政。典故原发地陕西岐山刘家塬村今存召公祠,祠内供奉有甘棠树以及当年慈禧太后和光绪皇帝避难至此题赐的"甘棠遗爱"匾额。甘棠远荫也是岐山八景之一。

地名也是文化。远隔崇山峻岭的徽州,从陕西一个典故化出两个地名,沿用至今,其间古意开枝散叶,与青山绿水水乳交融。甘棠属于太平,是太平最大的镇,今天的太平属于黄山区。太平设县于唐天宝四载(745),县名来自《庄子·天道》中的"太平,治之至也"。宋人乐史在《太平寰宇记》里说:"以地居(宣城)郡东南僻远,游民多结聚为盗,邑人患之,因安抚使奏,非别立郡邑无以遏此浇竞。时天下晏然,立为太平县。"环太平县的那汪碧水也称太平湖。据史载,太平立县不久就爆发了王万敌领导的农民起义，为加强治理，朝廷又割太平九乡另置旌德县，"冀其邑人从此被化"，而能"旌德礼贤"。这些记载与唐代宪宗时宰相李吉甫在《元和郡县志》中的记录一致。

永治是执政者的愿望，太平才是天下人的愿望。

文人痴梦

通往查济的路上，有一个千古文人痴绝梦。

每个人的心中都有不能实现的梦，这种欠缺感在当时是痛楚，在事后便是美感，比如汤显祖。

生在四百年前一个江西小城，却

被我们念念不忘,从"扬名立万"的角度,汤大师倘若地下有灵,该是何等满足!但汤显祖生前怀有不能为常人道的若干不满足,所以写出"临川四梦"。从这"四梦",淘气的今人又繁衍出若干逸事野史。若无逸事,做人还有何意趣?好吧,且不说野史,说说正史。四百多年前,汤显祖僻居临川一隅,窗对"柳色青青""花光灼灼",挥笔写下无缘痴绝的徽州梦,不料想竟成为后人关于徽州书写和徽州向往的诗歌符号。"欲识金银气,多从黄白游。一生痴绝处,无梦到徽州。"临川距离徽州不足六百公里,虽需车马劳顿,何以竟不能往?好事者望文生义,推说汤显祖潦倒一生,临终恨意不绝,因无"黄白"做旅资,所以不能踏足徽州。这样的解文是典型的不学无术。汤显祖何以不能至徽州？今人虽无法知悉，但至少可以肯定一点，即用赋比兴抒情表意，乃诗歌本事，也是诗人的本能。作为诗人的汤显祖写这首诗时，显然用了一贯的浪漫主义写作技法，先从"黄（黄山）白（齐云山）游"起兴，到"无梦到徽州"递进铺陈，用"梦"这个汤式典型意象，书写对美好事物极度向往之情。此处，这个极度向往之美好事物，便是水墨徽州。

不同的文化地图上，徽州都会成为一种向往，起初只是水墨江山，后来是民居建筑、雕塑艺术、文房四宝等等。徽州的好，是无法忘却的好。生在徽州知道它本来就好，客经徽州看到它出人意料地好。

清康熙六年（1667），正式撤销江南省，将其分为安徽、江苏两省。安徽是因其江北有安庆，江南有徽州，取二地之首字而称安徽。我从小生活的芜湖夹在安庆、宣州与徽州中间，在气象预报里，它的学术位置是沿江江南。小的时候，我常站在江边看扯着风帆的货运船被压得低低地从青弋江驶进长江，船上堆着簇青的毛竹和山笋，从山里来的船老大说的话一句也听不懂，山里便成为许多疑问。这个山里，便是汤显祖心心向往的徽州。

山环水绕的徽州固然长路崎岖，却非生在深山人不知。

早在唐宋两朝，徽州的美名凭借文人墨客的诗文不胫而走。诗文传播最得力者，应属平生最喜欢游山玩水又懂传播表达的李白李青莲。有人依据《李白全集编年注释》,从李白现存的一千首左右的诗歌中考证出有两百多首写于诗人盘桓安徽时期。从20岁"仗剑去国,辞亲远游",江行初经安徽,到晚年60多岁至安徽南陵投亲,因"此间乐,不思蜀",最终埋骨当涂青山,李白一生游历安徽十余次,先后到过皖北、皖中、皖西和皖南,涉及亳州、和州、庐州、宣州和歙州五州,尤以宣州为甚,"当时宣州所属诸县均留下诗人流连忘返的足迹"。今天从青山太白墓出发,驱车不到一小时,即至"碧水东流至此回"的开阔楚江。再驱车两小时,是"相看两不厌,唯有敬亭山"的敬亭山。从敬亭山出发,半小时车程到桃花潭……水墨江山,显然激发了诗人的滔滔诗情。书生人情一张纸,层层叠叠的诗句冠以李白的诗名,从盛唐流传到南宋、明清乃至今日——南宋以后,兼有徽商不遗余力的人际传播,徽州成为天下人的痴绝梦。

徽州人对于生为徽州人,有着异乎寻常的自觉,他们对徽州是"与有荣焉",只念"生死相共"。在江西和安徽两省之间几番进出的婺源,近一百年来不断地发起"返徽"运动便是例证。蒋介石政府出于"剿共"需求,于1934年将徽州的基本成员婺源划入江西,后因婺源民众不断发起"返徽"运动及同乡胡适等人奔走努力,又于抗战胜利后的1947年将其重新划回徽州。但新中国成立后婺源又被划入江西。半个多世纪过去了,今天的婺源人还坚称自己是安徽人、徽州人。可悲叹的是,从1987年开始,叫了近九百年的徽州改名黄山,20世纪90年代,陶行知的夫人吴树琴致信《人民日报》,强烈呼吁恢复徽州古地名,为徽州正名的队伍在不断地扩大。

查济在徽州的隔壁。从查济回来的路上,一定要在万安停下来。罗盘博物馆不一定要看,老街也已经破落凋敝、黄花委地,没什么可逛。但要沿着老街,到横江岸边的码头走走。新安江发源于休宁,横江是新安江在休宁的名字,由歙县街头镇流入浙江淳安境内,至建德梅城镇与兰江汇合始称桐江,至桐庐镇与分水江汇合始称富春江,富春江流至闻家川与浦阳江汇合,方称钱塘江,也即浙江。"小小休宁县,大大万安镇",徽商从万安码头开始了沿江东下的离乡背井。

文学不是可有可无的,离乡的日子,诗歌是最长情的表白。李白的诗歌固然令人浮想不已,但毕竟是客居和游历的心境,少了些植入血液的深情,还是胡适这句"故园东望路漫漫,双袖龙钟泪不干"让游子涕泪涟涟。但我背得最熟的是祖父最爱的"诗书传家久,福泽万年长",皖南人家会把它挂在客厅的中堂。它是根上的记忆。

至于徽州,前称新安郡、歙州,历史上曾属浙江西道,宋宣和三年(1121)朝廷平镇方腊起义后将歙州改为徽州。徽州是新安江水系之源,原辖歙、黟、休宁、绩溪、祁门、婺源六县,绩溪今属安徽宣城,婺源今属江西上饶。

泗水流,静静流

我最早知道"泗"这个字,是因为安徽泗县。

从芜湖过长江到泗县,由南向北,直线距离三百公里。小孩子的空间感很奇怪,小的时候听到"泗县"这个词,总觉得遥远。大多数遥远会有神秘感,这也是小孩子的特殊感觉。

泗县，在百度百科里是这样写的："古称虹县、泗州，隶属于安徽省宿州市，位于安徽省东北部，东邻江苏省泗洪县，西接灵璧县，南连五河县、固镇县，北至东北与江苏省睢宁县、宿迁市毗邻。"

至于东邻的泗洪，位于江苏省西北部，淮河下游，洪泽湖西岸。泗洪古为泗州本州，1952年属安徽省宿县专区。1953年3月，为加强洪泽湖管理，安徽省泗洪县、盱眙县与江苏省萧县、砀山县交换，泗洪县划归江苏省淮阴专区。

近现代史上，1953年那次省际边界调整，打破很多传统归属，伤了很多地方的文化筋骨，比如将婺源从徽州划到江西，导致安徽和江西之间的这场官司没完没了。江苏和安徽在边界划分上,也经常"三十年河东,三十年河西",其中,与泗有关的诸地名最典型。从泗县的角度,泗县在西,泗县的东部是泗洪,泗县的东北部是泗阳,这些环泗水地名,历史上绝大多数时期错错落落、分分合合。泗县和泗洪原属泗州本州,泗州存在于北周至清期间,辖地包括今泗县、泗洪、天长、盱眙和明光,泗州最后的州城在泗县。山之南、水之北为阳,顾名思义,泗阳在泗水东北部的宿迁境内。现如今,泗县属于安徽,是皖北一个相对落后的地区,泗洪和泗阳分属江苏的淮安和宿迁。对了,前面提到那个祖籍安徽、现籍江苏的盱眙,就是北京东直门簋街上著名的"麻小"的故乡。

说起泗州戏,与周边庐剧、凤阳花鼓、淮北花鼓、黄梅戏、扬剧、淮剧等诸多剧种相比,有自己的个性。"耳边,是男人高亢而悲伤据理力争恶声恶气颤抖的大吼声,女人则唱另一种风味,嘹亮欢快,有时还连带着哼哼嗨嗨的哀啼……"这是前不久认识的一位泗县籍作者在文章里记录的感受。看到这段文字,我在大脑里极力想象这些声音。说实话,第一个想起的是日本的能剧,第二个想起的是秦腔的老腔,它们都具有一种悲切到拉魂的力量。泗州戏俗称"拉魂腔"。

一方水土养一方戏,不假。安徽和河南都是戏窝,但河南的戏,唱腔总体要比安徽的戏轩敞,似乎无论男女,个个都是铮铮铁骨、英雄好汉。比如豫剧,常香玉唱《花木兰从军》也好,唱《朝阳沟》也好,都是铿锵玫瑰的做派。一过淮河,到了江淮境内,腔调自然又往下降了一阶。过了长江,特别是越剧,基本是苦情戏,许多角儿出名就出在那一声声"哭调",《红楼梦》里"黛玉葬花"、《梁山伯与祝英台》里"英台哭灵"皆如此。黄梅戏例外,虽在鄂皖交界的长江边长成,但基本沿用轻歌剧调性,因此,也有人总不把黄梅戏当戏,只当作歌舞剧。如果以阴阳来论,黄河以北偏阳刚,长江以南偏阴柔,即便是剧中男性角色,越剧的女扮男装也更有味儿。至于江淮之间的庐剧、扬剧,男女角色分别比较明显。前面提到的泗州戏,男女唱腔差异也很大。有分别,才有层次。黄梅戏出名,是因为其轻歌剧式的采茶调明快,容易传唱和记忆。说实话,安徽以外的人对黄梅戏的热情要远远高于安徽人,安徽人自己最爱听的是庐剧。庐剧俗称"倒七戏""小倒戏",曲目比较多,有戏迷基础。听"小倒戏"、摸纸牌是我奶奶那一辈不识字的中老年女性的两大娱乐。庐剧似乎也不难唱,它在传统戏曲唱腔,比如锣鼓书、端公戏、嗨子戏的基础上,吸收了一些皖西大别山区及合肥、巢湖等地的山歌、花灯歌舞成分,不过,它的唱腔和表演更靠近徽剧和京剧,所以徽剧和京剧的戏迷往往也会喜欢庐剧。

一个人的看戏口味,是不是越来越接近其吃饭的口味?江淮地区的人大多看庐剧、淮剧以及扬剧,这三个戏种方言虽有差别,但唱腔总体比较接近。最近我在泗阳获得一个新知识——当然只怪我孤陋寡闻——淮扬菜的创始人以及追随者都是徽商。当年徽商离开原籍,到扬州、淮安近海一带谋生,虽然赚到了钱,但怀念家乡,尤其是想念家乡菜,于是在淮扬地区鱼虾食材丰富的基础上,用徽菜烧法,创造了淮扬菜式。如此看来,今天扬州和淮安地区一些人可能是徽商的后代。

江淮地区的地方戏中,泗州戏算是流传面较小的一个。我想,是不是与诞生这个戏种的地域环境后来的变化有关?秦末以来,泗水流域豪强纷出。汉代开国皇帝刘邦原籍沛县,秦灭六国后,沛县属泗水郡。陈胜吴广在宿州大泽乡起事。刘邦集合三千弟子攻占沛县,自称沛公,后又投到项梁帐下。项梁就是项羽的叔父,今宿迁宿城区人,宿城南与泗阳、泗洪接壤。秦能统一六国,推倒大秦王朝的却是远在泗水边的两个豪杰——刘邦和项羽。刘邦也好,项羽也好,尽管性格不同,做事方式有差别,最终结局也完全不一样,但他们都能不拘陈规,在对既有秩序的挑战中脱颖而出,成为人中龙凤。

各种颠覆式的起义和革命,对区域文化的影响很明显。泗州戏里男性的愤怒和女性的悲伤,多少是对历史现实的一种折射。泗州戏戏迷间原本有相同的文化认同,后来由于被调整为不同的省属,经济环境和文化环境改变,旧有的认同感消失,新的文化核心生成,也产生了新的生活习惯和文化追求。当然,地方戏观众流失、演员队伍缺失是普遍令人焦虑的问题。这些年,虽有中央政策扶持,传统戏曲生态也见好转,但这是一个大面积、综合性的修复工程,需假以时日,才能出效果。

泗水的历史很不平静,泗水本身很平静。我看到泗水,却是因为泗阳。

初夏来到泗阳城,暮色四合,泗水正从泗阳城里流过。瘦长的货船占据了整个镜头。运河在泗水这段比想象中的要窄,要安静,要清冽。

想象中的运河,很大成分依据金庸武侠小说里的描写而来。金大侠笔下,风高浪急的运河是各路武林高手大显身手的舞台,刀光剑影中,玉树临风、纶巾白面的翩翩公子伫立船头,微微一笑很倾城,他是赢家。当然,这是对金大侠的类型化叙事的调侃。其实,换个角度,要感谢文学书写,感谢金大侠。中国老百姓了解历史和地理,主要通过各种文学描写,包括口头文学、戏曲文艺。金庸小说对一些地理信息的记录,比如海盐的钱塘观潮、运河两岸的烟火,就给我留下了深刻的印象。我还听说,连黄老邪居住的桃花岛也有研究者正在兴致勃勃地考证。

文学作品的好处是将情绪形象化后与人共享,并于无意间留下历史的雪泥鸿爪。

比如白居易的这首《长相思·汴水流》:"汴水流,泗水流,流到瓜洲古渡头。吴山点点愁。思悠悠,恨悠悠,恨到归时方始休。月明人倚楼。"对工,韵合,物、景、人、情诸元素嵌入自然,情绪到位,意境鲜明,算得上写离愁别恨的好词。词中提到汴水、泗水、古瓜洲渡口以及吴山四个地理名词,对于讲究音韵节奏对工的词,用"水流"对"悠悠",是合韵之需;以流水喻写时空的变迁流转,引出思愁绵绵,是比兴用法。南唐后主李煜后来写《虞美人》,广为传诵的两句"问君能有几多愁?恰似一江春水向东流",也是这类比兴。

　　王安石在《汴水》一诗里无限惆怅地写道:"汴水无情日夜流,不肯为我少淹留。相逢故人昨夜去,不知今日到何州。"汴水怎么就无情啦?无非因为从汴水下行,经泗水直至吴山,空间迁移等于时间迁移,离国家的政治中心汴梁越来越远,诗人内心对前途的忧愁越来越重,对亲友的留恋越来越深,川流不息、不分昼夜的汴水也成为世间无情物。

这是婉约派的风格。所谓婉约派,不惟抒写相思、离愁、羁旅等情感和情绪,主要指语言风格和美学趣味,因此,我们常常把苏东坡的词比如《赤壁赋》当作豪放派的典范,但他的《水调歌头·明月几时有》又是典型的婉约派,细致、忧伤以至缠绵悱恻。儿女情长,英雄气盛,两者都不乏,这是苏东坡的过人之处。白居易也写"黄四娘家花满蹊,千朵万朵压枝低"这样轻快活泼的小诗,但更有名的是"座中泣下谁最多？江州司马青衫湿"这类感伤诗句。作为诗人的白居易基本上也可以划入美学风格的婉约派,三首长诗代表作《长恨歌》《琵琶行》《卖炭翁》如此,流传甚广的这首词作《长相思·汴水流》亦如此。中唐以降,描写相思和离愁的诗句难以计数,如这首《长相思·汴水流》流传这么久和这么广者,显然罕见。

传播的偶然性,让人类历史上许许多多杰出的创造与今天的我们失之交臂。不过,它也有必然性,但凡被人们广泛传诵并使用的事物,一定具有特殊的价值。诗词的使用价值,我们通常说要顺应人类精神和情感层面的需求,是"同情"和"同理心"的需要,这也是文学作品存在的合理性。但是，诗词能不能传得开，传得久远，取决于诗词本身的语言节奏。这是诗词传播的特殊性。当然，作为韵文的诗词，天生比非韵文的散文更容易传播。"点点是离愁"，五个字，还有比这更朴素、更深长、更简练的表达吗？当然也容易记忆。这也就是为什么印刷业并不发达时期的唐诗宋词的传播总量要远远高于各种非韵文文章。

都说唐诗胜过宋诗，宋词好过唐词，总体数量和概率的确如此，但单篇另论。比如唐词的上品，李白的《忆秦娥》，以及这首《长相思·汴水流》，意境深、阔、远，写离愁别恨，已是绝响，凡后来者难免都有学舌之嫌。而散见于各类教科书的"唐诗宋词"这种高度概括式的评论，简单、武断地屏蔽了唐词宋诗的丰赡华美。关于唐词宋诗的研究,学术界蔚为大观,此不赘言。简单的评价,不仅对唐词宋诗不公、不准确,还造成了后学之辈的诸多修养缺失。比如我,就是这类简单评论的直接受害者。从小读书,身边缺乏高明指点,俱按通常习惯,先读《千家诗》《唐诗三百首》,后是《宋词选注》,再年长些,也看一些集注单行本,比如《李商隐诗选》,但总体是单一、不全面的,错失了很多。与我一样有这种缺憾的人,应该不在少数。

话说回来,白居易的这首《长相思·汴水流》,让我感兴趣的反倒是词作无意间写到的地理信息。

一切文学作品,其艺术的真实最终都源自细节的合理和逻辑的合理。

细节包括时间和空间。空间就是一种地理。白居易从汴水写到泗水再写到瓜洲,这些地名是实写,从今天的地图看,这条线路也是京杭大运河从北贯到南的线路。汴水安在？汴水没有了,根据"百度百科"和"互动百科"对这条昔日多次入诗的人工水渠做出的相对一致的解释,汴水的具体所指,以隋为界,前后说法不一:一说晋后隋以前指始于河南荥阳的汴渠,它东循狼汤渠、获水,流至今江苏徐州市时注入泗水的水运干道;一说唐宋时称隋开通的通济渠的东段为汴水、汴渠,或汴河。尽管具体所指不同,但汴水在今河南荥阳周边也即开封境内这一点,没有争议。开封号称八朝古都,夏以及春秋的魏国曾定都于此,此后,中原的政治经济中心长期圈定在长安和洛阳。中晚唐往后,开封再度中兴,及至北宋定都东京汴梁也即开封,开封城的繁华达到鼎盛。北宋是历史教科书里通常说的中国资本主义最早萌芽时期,资本需要市场,市场攸关城市的繁荣,水陆交通发达、物资交流便利的开封当仁不让地成为中原政治经济中心。开封在长安和洛阳东,故称东京。东京汴梁也即开封有多繁华,只需细看张择端的《清明上河图》即可。如孟元老《东京梦华录》所记,"自西京洛口分水入京城,东去至泗州入淮,运东南之粮,凡东南方物,自此入京城,公私仰给",开封的兴盛,离不开汴水这条南北物资运输的交通要道。碧波荡漾,芦花飘雪,"汴水秋声"美誉一时传扬。连通黄河和长江的繁忙汴水到了南宋,因害怕金兵以舟船运兵进逼临安,被高宗赵构下诏毁坏,南北水运遂告断绝。汴水断绝,填土成田。汴梁易名。瓜洲古渡由忙到闲,见证了运河的历史变迁。泗水还是静静地流,泗水不仅不变,还衍生出泗阳、泗州、泗县、泗洪诸多与"泗"有关的名词。

泗水是古地名,这个"古"要"古"于白居易写《长相思》时的中唐。"古"时不仅有泗水,还有一个泗水国,这是汉武帝元鼎四年(前116)的事。元鼎四年,汉武帝从东海郡分出三万户,设立泗水国,封景帝的孙子刘商即武帝同父异母的弟弟刘舜的儿子为王,"治凌县(今江苏省泗阳县众兴镇凌城村),领凌、泗阳、于三县",泗水国的领地包括今天江苏的宿迁和淮安部分地区以及安徽的泗县。宿迁和淮安,在今徐州以南、南京以北。王莽称帝后取消泗水国,东汉光武帝登基又恢复泗水国,册封叔父刘歙为王。公元37年,刘歙死后三年,光武帝废泗水国,设泗水郡。至此,泗水国前后历经125年。

泗水国也即泗水郡对于汉家王室具有特殊意义,用今天的话来说,乃刘汉王朝龙兴之地。汉书记载,汉高祖刘邦的家乡为"四川郡沛",有历史学者说这是笔误,我不这么认为。谁敢,何况又怎么可能将九五之尊的汉高祖的家乡"笔误"?泗,读起来像四,看上去是四水分流,也即四川的本义。"四川郡沛"之说法应源于此。只不过,

"四川"在今天作为中国西南一个地名被固化使用。

泗水国"以古泗水流经郡境而得名",泗水显然比泗水国还古老,今天运河上的这条泗水只怕不是古泗水的原貌。《汉书》中关于泗水和泗水国的记载不多,《汉书》记的多是泗水国王刘商的父亲、汉景帝的小儿子刘舜。汉王室对这个骄纵无行的刘舜及其后代领属的泗水国恐怕也是不想招惹。肉身终归化尘土,泗水依然静流不息,这是历史本身的理性。泗水的愁,恐怕不仅仅是春愁,还有许多踌躇满志无处报的愁。

汉字中有些字或词天生可以入诗入词,比如泗水,比如凤凰。泗水和凤凰都与泗阳有关。今天的泗阳,号称

"泗水古国、美酒之都、杨树之乡"。泗水古国不惟泗阳有,泗县、泗洪都要与其共享。美酒之都也是一家之言,以中国之大,善饮者众,出产美酒的地方还真不少,能称得上美酒之都者,仅就我所知,就有遵义、宜宾、泸州、亳州、汾阳、宝鸡若干城市。中国林学会唯一命名的"杨树之乡"大概没有争议了吧?不对啊,茅盾当年写《白杨礼赞》,这个杨树难道不是北方的特产吗?杨树既不是北方特有,也不是中国土产,而是中西兼有之。杨树成材快,经济效益高,我国的华中、华北、西北、东北均有栽种,但是,以杨树为主题的博物馆,目前在全国甚至全球,确实也只有泗阳有。泗阳也因为拥有 123 个品种,成为全国杨树引种发源地,被授予

"杨树之乡"也还说得过去。很明显,杨树不是自己所长,资源其实也不足,但敢为人先,也就做成了全国第一家,这一点,泗阳看来是继承了老祖宗的革故鼎新精神。

凤凰台上凤凰游。有了杨树,有了树林,能不能招来凤凰?泗阳有本文学杂志叫《林中凤凰》。各地其实都有这类杂志,叫《山花》,叫《芳草地》,叫《绿洲》,都可以,都能接受,叫《林中凤凰》可就不那么低调了。看来,生在皇帝老儿的家乡,终归有一颗"凤凰鸣矣,于彼高冈"的心。我在这本杂志里看到一篇小说,叫《棺材铺》,篇幅不长,曲折有致,写得有点汪曾祺的范儿,那个叫胡四的乡村木匠的命运和他身上沉默的情义,让人看到心痛。

看到这里,我就想,凤凰本是稀罕物,林中不图多,一只两只足矣。

一只凤凰无论飞多高,都有出发和落脚的亭台。一个人无论怎么活,他都是故事,他的故事也会影响别人的故事。一首词无论怎么写,无非是将遭遇的故事记住留住。一江水无论流多远,无论载过多少爱恨情仇,总有流到尽头的那一刻。

许多年前看张爱玲的小说,具体哪部忘了,扉页上印着穿旗袍的张爱玲,下面是"岁月静好"四字。没来由地喜欢这句话。后来,身边一朋友结婚,我就把这句话送给他们。静,才会好。就像这泗水的水,任王侯将相岁月更替,任吴山削平古渡增容,都是这样不疾不徐,静静地流。真好。

环滁皆山水也

滁者,滁州也。滁州得名于滁水。滁水,也叫涂水,长江下游一级支流,一湾清水从肥东东北部流出,向东渐成大水,流经滁州,向东南流至南京六合,汇入浩荡长江。

在地理上,滁州与南京"一衣带水",隔江水相望,如今有个时髦的叫法叫"南京一小时都市圈"。滁州与江苏接壤边界多达四百公里,其中,来安县的汊河镇距离南京长江大桥仅十二公里十来分钟车程。

汊河,河流在此分叉、交汇。叫汊河镇的地方不少,南京人在远郊区买房度假,向东,向东北,一不小心就买到了安徽。向东是马鞍山、芜湖,向东北就是滁州。

"环滁皆山也。其西南诸峰,林壑尤美,望之蔚然而深秀者,琅琊也。山行六七里,渐闻水声潺潺而泻出于两峰之间者,酿泉也。""酿泉"读作"让泉",人们说。说得多了,以至于正规出版物也会有一条类似的语焉不详的注释。较真起来,查《康熙字典》和《词源》,都没有提到"酿"通"让",

"酿"读"让"似乎也不是方言。这个官司怎么解？仔细想来，有一种可能："酿"写作"酿"，也读作"酿"，"让"是误读。误读的重要原因是滁州另一个太守王赐魁在泉水边自作主张立了块"让泉"碑。"酿泉为酒，泉香而酒洌；山肴野蔌，杂然而前陈者，太守宴也。"除了开头，这是《醉翁亭记》第二次提到酿泉，应该是作动词解。《醉翁亭记》流传后不久即由北宋的另一个大文豪兼书法家苏东坡挥笔记录，由石工刻于醉翁亭西的宝宋斋内，成了千古名篇。到了清康熙年间，另一个叫王赐魁的滁州太守很不安分，偏要刻"让泉"二字于碑，镶嵌于泉侧。又过了若干年，从庆历五年（1045）十月二十二日到庆历八年（1048）二月，欧阳修担任滁州太守前后约两年零四个月时间,滁州城边的琅琊山成了他最常去的地方,还留下了著名的诗文。后来,欧阳修在滁州还发现了紫薇泉和濯缨泉。直接写滁州的除了《醉翁亭记》《丰乐亭记》《菱溪石记》,仅描写琅琊山上自然景色和名胜景点的诗句就有三十多首。欧阳修有《题滁州醉翁亭》:"声如自空落,泻向两檐前。流入岩下溪,幽泉助涓涓。响不乱人语,其清非管弦。岂不美丝竹?丝竹不胜繁。"一条清浅的溪水,自欧阳修《醉翁亭记》面世之日起,滁州和滁州的山就著称于世。环滁皆山,环滁亦皆水也。滁州因为水多水好,植被分外茂盛。这么说有些绝对,其实不止滁州,植物像人一样,水是植物密友,凡水源丰盛的地方,植物大多郁郁葱葱,再来点阳光,那就是植物园,就是南美洲了。

我觉得最好玩的其实是流传的讹误,比如"酿泉"还是"让泉",在所有能查到的点校本中都认为,"酿泉"应为"让泉"。让者,两峰之间流出地面。但证据其实也是单一的,比如都以王赐魁的碑为据。王赐魁,清康熙二十二年(1683)到二十三年(1684)任滁州知州,补修了两卷《滁州续志》,并写下《游醉翁亭(二首)》,其一:"揽胜寻幽过野塘,有亭峙立石桥傍。碑中墨迹生苔色,树底云根点绿芳。前哲登临传世远,后人题咏续游长。漫云既醉不关酒,亭外仍流曲水觞。"其二:"绿满深林处处莺,让泉时作佩环声。名含酒意心先醉,身傍梅花梦亦清。

绰约轻风思道子,参差奇石访初平。流连不禁诗脾渴,酌流觞代兕觥。"

在滁州,我第一次看见并记忆深刻的植物是鬼柳。这种诨名"鬼柳"的高大落叶乔木也叫"枫杨",顾名思义,像柳像枫像杨。从植物分布来讲,鬼柳很平常,黄河以南常见。但现如今有水而且有荒野还舍得抛荒的地方,在人口密度较稠密的黄河以南,也是难得一见。这里是八岭湖,趴在著名的江淮分水岭张八岭脊背上。没有求证,八岭湖应该是虚数,弯弯曲曲走过了好几个山岭,才到了张八岭,也就是明光境内。到了张八岭的八岭湖,已经不能算是湖了,湖是有宽度的水域,到这里一些河段窄得像小沟渠。沟渠的两边,枫杨开始缔造它繁盛的家园。

我不知道别人如何看这种在荒野里特别是浅水河岸边成群出现的根系庞大或暴露或隐蔽的结着颀长柳条的母性植物,在我的眼里,它们像荒野一样安静、安淡、安稳。我主观地认为它是母性的,就像南方的榕树一样,天生枝叶茂盛,每到一处都乐于扎根,子孙众多。这种母性的有魅力的植物,在荒野里出现,不可思议地温柔、抒情甚至人格化了。这就是奇特的人和自然的关系。有的时候,你会觉得荒野可怖,遍地是陷阱,是毒蛇,是无法躲避的伤害;而有的时候,你会觉得荒野是柔软的、细腻的,是更美好的。更美好,是因为荒野里的一些元素,比文明化的城市更能唤醒人的本性,比如说对自然的亲近。人怎么能脱离自然呢?即便生下来就住在钢筋混凝土火柴盒里,每天还是要抬头看看天,看看流云,看看即将到来的风暴。欧阳修在《醉翁亭记》里提到他在滁州做太守时常与同道者去体验和享受"山林之乐"。山林之乐,是人本近自然的天性。

荒野是未经雕琢的自然。自然,特别是未经雕琢的自然,越来越稀罕了。河道不必宽,水流不必清,树木不必高大,道路不必平,即便是道旁裸露的泥土,也不必都覆盖上草木。旁逸斜出,在这个时候是自然本性,是规整之外的美。只有在大片的荒野里出现的特异的枫杨,才够格称得上鬼柳。鬼者,变也,不可捉摸。裸露、发达几近人形的根系,疏朗刚劲的树干,交织的浓荫,生活在近水环境甚至能长期泡在水里,欣欣然,这是荒野里的鬼柳的面目。它叫鬼柳,似乎有异于或高于人世凡物的生存能力。人们对于鬼本身是惧怕的,但对于具有鬼一样的特异能力的人和事物往往是欣赏的。比如父母常常把古灵精怪的小孩子称作"鬼东西",是嗔怪。叫作鬼柳,也是对其长相和生命力的惊奇。

在滁州,还有一种植物可以与鬼柳媲美,这就是池杉。我是在朋友发来的照片上见到了碧波千亩的池杉湖和清秀颀长的池杉林。位于滁州来安和南京六合交界处的池杉湖国家湿地公园占地近六千亩,为华东地区最大的湿地公园。树生水中,鸟鸣林中,鱼游水中,形成一种类似于南美亚马孙六月的生态景观。池杉,顾名思义,长在池塘里的杉木。杉木科植物都喜温热湿润气候,池杉尤甚,长在水里,还青葱挺拔。这种长在水里的树木不少,比如红树,长江流域以南山区重要的造林树种。

滁州的水怎么个丰盛法呢?以大滁州为坐标,整个滁州地域由南向北正好夹在江淮之间,南北有长江、淮河两大水系,支流纷出,滁州想不跟水打交道都很难。以小滁州为坐标,隔滁河与南京相望,距南京城五十余里,所以历史上的滁州为棠邑之地,即今南京六合区,为六朝京畿之地,自古有"金陵锁钥,江淮保障"之称。

从六朝到宋朝不过一千多年,但江山易主,京都的位置北上,滁州的乃至南京的政治地位和地理地位急剧下滑,从开封到滁州,欧阳修这个一向孜孜不倦的"三好官员"自然会有不遇不畅之叹。但江淮又确实是自然环境很美,粮油富庶,欧阳修携众游山林得山林之乐也是难免的。

三十年前,我在兰州上学,毕业时,身边最要好的朋友和她的男友为了能长长久久,一起分到了滁州。滁州当时有个扬子集团,风头正劲,出了很多品牌,包括德国西门子冰箱在中国内地的生产线后来也被它收购了。这个时期也是中国电器行业的黄金时期。从那个时期开始,滁州在我脑海里就成了有景有人有事的地方,也就成了向往之地。

人其实容易灯下黑。看远方不

难,从小我们就被教育要胸怀大志,登高望远。于是,走出了家门,走出了家园,甚至走出了国门。回首,原来还是家乡最美、最好。

到安庆

北京居然下雨了。看着窗外难得的烟青色,想起三月末到安庆,也是在雨中。

真是怪了,总共两次去安庆,两次安庆都在雨中,另一次是夏雨。可能这就是南方城市的特点,清明前后,雨水开始滴滴答答,一直要到这年的中秋,才会有比较长的晴天出现。有特色的南方作家的文字往往也是泡在雨里,湿漉漉、黏糊糊,比如苏童,比如林白。当然,林白更加偏南,湿漉漉中已经夹杂着热燥,苏童的文字比较接近同纬度的安庆的天气,绵长、绵密、绵柔。

安庆除了一眼可见的绵柔,其实在历史上最出名的反而是刚烈。安庆对于近现代史来说,最大的贡献或者说知名度最高的是中国共产党早期领导人陈独秀,此外就是黄梅戏和严凤英。有意思的是,这两个安庆籍人物,以及徽班进京的代表人物、京剧大师程长庚,性格中都有特别刚硬和执着的成分。安庆人的这份执着,从语言习惯上就能一下子辨别出来。安徽是中原偏南省份,安徽人出省,特别是受过高等教育后,时间一长,往往都会用普通话交流。但总会有那么几个安徽人舌头捋不直,不用问,老家肯定在桐城或者枞阳,桐城和枞阳都在安庆地界。说到桐城,当然想起了以方苞为代表的桐城派,著名的方苞,脾气也是出了名地硬。

从前从上海、南京、芜湖到安庆去,主要依靠水路。看一个白天的江景,半夜,汽笛拉响,靠岸,安庆到了。长江中下游地区,城市多依江而建,这是沿袭古老的习惯,人类逐水而居,便于出行和捕捞作业,当然这也说明长江水质的保护是相对有效的。虽然今天大家都饮用经过净水处理的自来水,但我们小的时候江边最大的景观除了过船,便是担水、捣衣、淘米和刷马桶。刷马桶是陋习,后来被禁止了。长江两岸和长江边的码头成了诗人抒情的对象。从前慢是因为速度慢,心也就自然而然地沉实了,一点一点地往前挪动。因此,从前文人写山川风物,大约因为经历的时间长久,写得细致,心意满满。这些心意,到了今天,往往化作了匆匆忙忙的到此一游。许多传说中的美好的事物,在心里都打了折扣,应该也是这个道理。两次到安庆,我都匆匆忙忙,便是一例。

在长江两岸古老而美好的城市中,安庆还真的具有独一份的气质。爱吹牛的人经常会说"老子从前是富贵的"。我们安徽的城市,有资格这么说的,安庆和徽州算是了。徽州已四分五裂,不复存在了,且徽州也没做过省会。安徽的"安"便是安庆。安庆做过安徽的首府,作为安徽的文化重地,它今天的安静始料未及,是大富大贵之后的安静。

说安静也是相对而言。三月末的这次去安庆,是夜晚,空中下起了小雨,也还是暖和,杏花春雨不沾身。这样的天气,常年生活在长江沿岸的人是不打伞的,讲究一点的女孩会把手绢折成三角形盖在头上,下巴处松松地绾个结,朦朦胧胧中自成风景。这样的风景现在不多了。现在的姑娘要野得多。在这样的天气,长江北岸的巨石山上葱翠欲滴。之所以说葱翠,是因为今年春节早,节后又赶上倒春寒,春寒料峭中突然转暖了,各种花儿来不及似的一股脑儿全开了。没开出来的也至少打了苞,沾上雨珠,摇摇欲坠的样子,跟系手绢的少女一样鲜嫩娇美。葱翠欲滴、云雾缭绕中,我们一行爬到最高处——虽然只有五百米,但是居然还有"海枯石烂"字样的摩崖石刻。说爱情?还是说人生观?不免凛然一惊。之所以想到人生观,是因为山下就是一代黄梅戏大师严凤英的故居。有人说,严凤英死后,黄梅戏就从顶峰往下走了。这话说得有点绝对了。今天流传下来的黄梅戏经典唱本《女驸马》《天仙配》《牛郎织女》都是严凤英的版本。后辈中虽也有表现突出者,但都不能达到严凤英那样的成就。可惜,一代大师严凤英死得太早,她对黄梅戏艺术的执着追求怕是许多后人难以企及的。家乡是珍惜严凤英的,故居被保护得不错,故居的卧室里挂着老式的相框,相框里镶嵌着老照片。雨中,没有游人,只有我们一行在细细端详。这是典型的徽派民宅,从侧门出来是庭院,木架上的紫藤似乎也打了许多花苞,再过几日应该就开了。

这里是安庆的宜秀区。安庆城其实也有意思。第一次到安庆是夏天,地面还是青石板的,雨下得特别大,青石板被冲洗得滑溜溜的。我被困在陈独秀纪念馆里,一遍一遍地看墙上的照片和个人简介。当时纪念馆确实简陋,现在听说已经重修了。从那时候到现在,起码有二十年的光阴了。

对了,想起一次可笑的经历。

说起来是三十年前的事了,我刚刚上大学。元宵节的前一天,寒假结束了,从小玩到大的好朋友先返校,我去八号码头送行。送着送着,不知怎么就上了船。开船时的汽笛一声长一声短地拉响了,我没听见,船开了。那时还没有手机,没法给家人报信,看着江面上慢慢划出来的水纹,心里紧张。船长安慰说:"下一个码头是贵池,船可以在那儿靠岸。"贵池是小地方——虽然有著名的九华山,高速公路开通后,贵池到芜湖车程也就半小时,但坐客船起码得摇晃两三个小时才到。在长二十米、宽不足十米的码头落脚的三四个小时内,除了见到一两个工友扛着麻袋进出外,没有一个人影。日头渐西,口袋里也没钱,担忧、着急、无聊、后悔,说实话,应该都有,当然也有新鲜和好奇。家里管得严,从小到大不打招呼出门的事从未发生过,也不知道家人着急成啥样了。南方的二月有太阳,室外气温并不低,我在站台上踱来踱去等待搭下一班船回芜湖时,心里完全没底,不知道什么时候有船来。贵池是小码头,没什么客流量,许多大船都不停。还有,当时真是什么都慢,许多客船包括公共汽车都不准点,不像今天的高铁,开、停时间可以精确到分。总而言之,那天到家已经是晚上十点多了。这件事,后来就成为我的经典笑话。

贵池的东面是铜陵,然后是芜湖,铜陵的西面就是安庆。

兰生幽谷无人识

阳春三月,莺飞草长,山里的兰花开了。

"兰生幽谷无人识,客种东轩遗我香。知有清芬能解秽,更怜细叶巧凌霜。根便密石秋芳草,丛倚修筠午荫凉。欲遣蘼芜共堂下,眼前长见楚词章。"汪灏等人奉康熙之命,在明代王象晋《群芳谱》的基础上,删减扩编而成《广群芳谱》。《广群芳谱》里这首《种兰》相传为苏辙所作。他的哥哥苏轼也写了很多以兰为吟咏对象的诗词,比如"春兰如美人,不采羞自献。时闻风露香,蓬艾深不见"。众多关于兰花的诗词中,最出名者大概数韩愈曾补录其佚文的《幽兰操》。《幽兰操》是古琴曲,又称《猗兰操》,原作者据说是孔子,经韩愈补录之后流传至今。"兰之猗猗,扬扬其香。不采而佩,于兰何伤。今天之旋,其曷为然。我行四方,以日以年。雪霜贸贸,荠麦之茂。子如不伤,我不尔觏。荠麦之茂,荠麦之有。君子之伤,君子之守。"曲调哀婉、抒情、动人,被广泛歌咏。

关于兰花,20 世纪也产生了一首

流传较广的歌曲《兰花草》:"我从山中来,带着兰花草。种在小园中,希望花开早。一日看三回,看得花时过。兰花却依然,苞也无一个。转眼秋天到,移兰入暖房。朝朝频顾惜,夜夜不相忘。但愿花开早,能将夙愿偿。满庭花簇簇,添得许多香。"信手打出这段歌词的同时,旋律也哼了出来。17岁的少年好奇地看了我一眼。一代人有一代人的音乐,他还不懂。

一个地方也有一个地方的植物。生态环境差异造成生命形态差异。

台湾大量栽种兰花。兰花草似是从大陆流入台湾的叫法。在皖南,我们甚至就叫兰草。皖南山区有兰草,很不起眼,成片成片地混"住"在灌木丛里。兰草属于多年生草本,春天到了,兰草抽出长长的花薹,远远地看,蝶飞蜂舞,走近了,清香飘来,三四牙花瓣,淡玉色,竹叶形,纤细、优美、结实,偶尔透着红,大多透着绿,由浅入深,以至分不清楚花叶。兰草的好处是叶形美,叶繁不乱,错落有致,才会有"看叶胜花"之说。兰香特殊,花香清雅,是清香,是香与不香之间的香,用行家的话是有层次的香。记得小姑娘的时候,大家永远在争论一个问题:茉莉、米兰、栀子、兰草这四种,到底谁的香味最好闻?米兰刺鼻,茉莉和栀子各有千秋,兰草最优雅,大家都爱兰草。

因为爱,所以试图把山里的兰草栽进自家的花园。野生的兰草栽到漂亮的花盆里,日日精心侍弄,闻到花香了吗？印象中成功率是零。首先，从山里挖兰草就不容易。这世间，越是细致的东西，越有骨头。兰草看起来纤弱，实际上"蒲苇纫如丝"，这大概是生物的自我保护本能。山里的兰草长期生长在自由的荒野里，纵横交错，根深蒂固，抓地如铁。根系既茂且长又深，费了老大的劲才能挖完整，还要带上原土，小心翼翼地捧回家，不敢有丝毫擦碰。平日浇水也特别用心，说要八干二湿。总之，是"一日看三回"，可能都不止了，春天也过去了，山上的野兰早谢了，花盆里的兰草还是徒生叶子，丝毫没有抽薹开花的迹象。

我们家住一楼，有小院子，沿墙砌了个长条形的花台。我对园艺持久的爱好大概始于彼时。对园艺的探索，当然不止兰草这一种。皖南山里还有一种众所周知的花,叫映山红,对,就是著名的杜鹃花。大朵儿,跟兰草开花时间差不多,也是清明前后,漫山遍野都是血红、杏红、紫红,所以又叫映山红。又因为皖南山区在土地革命、抗日战争和解放战争中牺牲了不少战士,"映山红"这个名字似乎拥有了象征意味。以"映山红"为名,有一首流传很广的歌曲,非常抒情。歌词写得好,是典型的民歌比兴手法,形象生动,接地气:"夜半三更哟盼天明,寒冬腊月哟盼春风。若要盼得哟红军来,岭上开遍哟映山红。"特别是最后一句,反复吟咏,一唱三回,婉转悠扬。如果有歌队在场,可以加个多声部合唱,那就更美妙了。这首歌的作曲家傅庚辰后来当了中国音乐家协会主席,他擅长写歌曲旋律,《地道战》等电影插曲都出自他之手。我曾不止一次亲耳听到他本人说,一生作曲虽多,最喜欢的还是《红星照我去战斗》和《映山红》。这两首歌都是电影《闪闪的红星》的插曲。老电影了,电影《闪闪的红星》首映时间是 1974 年 10 月 1 日。那年我已 4 岁,正伴随父母在宣城敬亭山脚下居住。那个地方叫桃村。宣城全境都是当年新四军活动的区域,桃村也不例外,著名的九连山也在宣城境内。父母工作单位当时属于军队建制,《闪闪的红星》上映时,官兵在露天大操场上集体观看电影的情景,成为我这一生最早的清晰的记忆了。

  我与《闪闪的红星》有缘。若干年

后,在北京,听一个特别要好的朋友说起童年扮演潘冬子的情形。这个"潘冬子",后来就读于北京电影学院导演系。

电影好看,歌好听,映山红可不好养。"忠州州里今日花,庐山山头去时树。已怜根损斩新栽,还喜花开依旧数。赤玉何人少琴轸?红缬谁家合罗袴?但知烂熳恣情开,莫怕南宾桃李妒。"唐朝诗人白居易成功地把映山红从庐山山头移植到自家花园,喜不自禁,写诗留证。一花一世界,人亦如此。陶渊明性情散淡,自然喜欢淡菊。在唐朝写得好的诗人中,白居易无论写诗,还是做人,都比较平民化。映山红色彩鲜艳,花形烂漫,呈现出蓬勃的现实生命力。酷爱映山红,大概也是诗人个体情志的一种投射。当然,栽种映山红,白居易不是第一人,唐贞观元年(627),就有成功栽培映山红的记载。

从宣城搬回芜湖后,清明前后,我们还是习惯去九连山踏青、扫墓。来回的路上,每一辆缓行或疾驰的自行车上似乎都插着映山红。年年清明,年年如此。鲜花虽美,但不能持久,于是有贪心者会把映山红连根带叶带花带回院里栽种。中学同桌的母亲在百货公司做保管员,性格特别活泼,喜欢唱歌、唱戏,喜欢跟小孩子说话。这样的长辈不多,于是,夏天的傍晚,天还亮着,常常三五人约着一起去她家看花。记得其中就有移植成功的映山红,还有一茬茬不断开花的大山茶花。

同桌的父亲好像比其母亲年长许多,是一家烟草公司的经理,瘦小、近视,总是坐在院子里的藤椅上,一支接一支一声不吭地抽烟。与同桌的母亲的活泼正相反,父亲特别严肃。不过,这些美丽的鲜花都是这位令我们畏惧的父亲的园艺杰作。同桌是家中老大,叫鸿雁,说是出生时父亲从牢里来信起的名。妹妹叫云燕,也是长翅膀飞的小鸟。为什么坐牢?同桌说与父亲原先在军队做情报工作有关。

在汉语里,有些词是约定俗成的表达美好。比如"兰心蕙质",这是我少年时期从一个冰雪聪明的女性朋友的笔下学到的最难忘的词之一。现在想想,与"兰"有关的词,仿佛都是好词,比如"兰章""兰友"等等。这些美好的词的形成,有赖于我们老祖宗对兰的集体有意识的偏爱,并形成流传有序的文化传统。与兰相反的词则是艾,比如"兰艾之交",意思相当于云泥之别。汉语中还有些词,属于敏感词,自带神秘气质,比如"情报"。同桌嘴里的"情报工作",让我肃然起敬。无名英雄,永不消逝的电波,成为我们这代人成长时期的一种具有浪漫色彩的价值标杆。这是英雄主义的革命传统了。一代人有一代人的理想或命运。革命传统对我的直接影响是,高考时径自在提前投档志愿一栏填报了"解放军洛阳外国语学院"。笔试过了,口试过了,身高不够,被刷下来。这才读了中文系,做了几十年跟文字有关的媒体工作。"情报"两字的余波,是迄今尚存的对谍战作品和侦探小说的爱好。

即便是这位神秘的、富有专业技能的父亲,当年也不曾驯服兰草。可见,兰草栽培的难度比映山红要大得多。也许有人会说,不对吧,梅、兰、竹、菊作为四君子,挂在中国人家的厅堂里时,梅、兰、竹、菊应该早就是前庭后院的密友了,否则怎么会有"宁可食无肉,不可居无竹"这样的诗句出现?否则古人怎么会说"入芝兰之室,久而不闻其香"?不是因为它们已经进入寻常百姓家,比比皆是,可以广泛栽培了吗?这些疑问确有道理。只是,此兰非彼兰,"芝兰之室"的兰花,是有别于野生兰草、可以家养的兰花。兰花在中国的栽培历史悠久,各种资料表明,最早可追溯到两千多年前春秋末期越王勾践时期。勾践真是个了不起的人物,大可安邦宁国,小可种花莳草,无怪乎西施美人会为了他的江山以身侍敌。绍兴城南有兰渚山,相传是勾践树兰之地。山下驿亭,也即著名的兰亭所在。勾践活跃的时代,还没有纸张和大规模的文字书写。倒是明朝《绍兴府志》对此记得详细:"兰渚山,有草焉,长叶白花,花有国馨,其名曰兰,勾践所树。兰渚之水出焉。"明代的《会稽风俗赋》《绍兴地志述略》,以及书画家徐渭的《兰谷歌》,对此都有记录。明朝的记录应该是由南宋《续会稽志》而来。《会稽志》成书于南宋嘉泰元年(1201),由施宿等撰写,共二十卷。南宋宝庆年间,张昊续写八卷,称《续会稽志》,宁波天一阁今有藏本。《续会稽志》称:"兰,《越绝书》曰'勾践种兰渚山'。"《越绝书》属于我爱看的一类书,是杂记,不同于西汉《史记》的体例,倒像西汉的《淮南子》之类。有人说《越绝书》是地方志写作的鼻祖,内容以春秋末年至战国初期吴越争霸为主干,兼及这一历史时期吴越地区的政治、经济、天文、地理,条目分类相对清晰。今天的学者大多认为其最早成书时间是东汉初年。《越绝书》的可靠性暂且不论,人们之所以愿意相信勾践兰渚山树兰这个传说,其实还是借古喻今,表达对美好的人物和人格的向往。这个美好的人格比如坚忍、专注、博学等等,十分可贵。说得多了,说得久了,传说便也成了历史。绍兴人家至今有树兰遗风。在今天的绍兴兰渚山下,柯桥边,有个叫棠棣的地方,号称"兰花村",不仅家家户户种兰花,兰花产业甚至成为全村重要的经济来源。两千多年来,在会稽即今绍兴这块雨水丰沛、四季分明的土地上,兰花种植从传说发展成产业了。

兰花之所以能成为产业,是因为有民众审美基础。兰花品相素洁,符合中国古典审美标准。古典的美,追求有内涵和韵致的低调的美,或者叫简约、朴素的美。栽培历史既久,渐渐地,兰花的品种也栽出花样了,大致形成春兰、建兰、惠兰、墨兰、寒兰五大类。小类还可细分。这五大类,从植物学的角度,统称为中国兰。所谓中国兰,就是原生地为中国的兰花,是中国古人诗词绘画里的兰花。

既有中国兰,就有洋兰。洋兰的通俗和普遍叫法是热带兰。热带兰,艳丽、大朵、重瓣。今天市面上常见的君子兰、蝴蝶兰等都属于热带兰,顾名思义,原产地是热带,跟中国兰不是同一科。北方的冬天颜色暗淡,随着物流便捷化,热带兰这些年在北京非常流行。摆在屋里,与屋外的萧瑟相对照,的确养眼。可惜热带兰没有香味,它的高调和鲜美是现代做派。热带兰和中国兰放在一起,每每让我想起张爱玲的《白玫瑰和红玫瑰》。爱玲女士的意思是各有千秋,但在我这样老派的中国人看来,中国兰的好处是无可替代的。

中国兰品相可人,香味号称"国馨"。所以,尽管《淮南子·缪称训》里称"男子树兰,美而不芳",我虽然也老拿这句话打趣热爱养花的男同事,但心中始终存疑。从历史记载看,最早的兰花栽培者大多是男性,兰花流传至今,不仅没有"不芳",而且还馨香动人。中国兰的馨香沁人心脾,黏合力强。《孔子家语·六本》之所以有"与善人居,如入芝兰之室,久而不闻其香,即与之化也"这类借物喻人的表述,依据的就是兰香的"影响"和"熏染"本义,意思是与德行美好的人交往,如同进入种满芝兰的房屋,不知不觉间会被美德同化和感染。"与不善人居,如入鲍鱼之肆,久而不闻其臭,亦与之化矣",同样的道理,恶人具有强大的负面影响力,长期与他们在一起,自己的三观也会受影响,所以"择邻处"很重要。孔夫子说什么,都会比附到修养层面。在论述芝兰之香和鲍鱼之臭的基础上,他提出了"近朱者赤,近墨者黑"这一观点,强调环境对人的影响。成语"孟母三迁"说的也是这个道理。汉唐以后,儒家思想逐渐成为中国社会主流思想。儒家提出"君子"观,重视个体精神和道德情操的修养,以此为标准,讲求修身养性,甚至重精神轻物质,"清高"一词应运而生。唐代诗人刘禹锡在《陋室铭》开篇提出"山不在高,有仙则名。水不在深,有龙则灵。斯是陋室,惟吾德馨",直接推翻了一般性评价标准,提出行为主体对"美"和"好"的重塑。今天看来,这种思想有早期人本主义色彩。写过"前度刘郎今又来"的诗人刘禹锡,本身也是哲学家,写过一本具有唯物主义思想的哲学书,叫《天论》。在有哲学视野的诗人眼里,人和外部世界的关系是辩证、变动、普遍联系的,有什么样的人便有什么样的环境。由人及物,梅、兰、竹、菊便也着了君子相,为君子所好。

如今市面上可以随便购买的中国兰纵有百般好处,也还不是我说的兰草。我们皖南山里的野兰,只叫兰草,从来不攀附"兰花"之名,应该就是侧重其野生和草本一面。当兰花得到普遍和广泛的栽培后,山里的兰草更加珍贵了,大概是数量少、不易获得的缘故吧。其中,身价最高的是"幽灵兰"。

所谓兰有多种,"素心为上",指的便是这种美得不可思议的幽灵兰。这个品种的兰草基本生长在林地沼泽,繁殖条件苛刻,现存数量极少,被列入《濒危野生动植物物种国际贸易公约》。其主要分布地在美国佛罗里达州南部。前些年,有旅行者在喜马拉雅山脉发现了幽灵兰的花影。幽灵兰属于附生型,叶片完全退化,靠气根获取养分和水分。也有人叫它鬼兰,我更愿意叫它幽兰。花开的时候,洁白的花瓣像精灵一样在风中摇曳。看看它,就知道什么叫"空谷幽兰"了。

栽培也好,野生也罢,从人类生存发展这个角度来说,植物界自始至终都是友邦。对于人来说,植物除了提供生存必需的各种营养,通过光合作用提供人类须臾不可或缺的氧气,提供各种生产生活资料外,还提供和生产人类的审美对象,这也是栽培的意义之一。因此,探讨生物演化,如果换个角度,植物其实要比人高级得多,人对植物的依赖要远远大于植物对人的需求。当然,这个事实很残酷,人类可能不愿承认。人有思维惯性。这几百年来,在达尔文进化论的影响下,人类中心主义思想广泛存在。站在人的角度,从思维惯性出发,往往以人为中心,不能科学、平等、客观地认知人和周边世界的关系。植物因为不会言语,比动物更容易受伤害。"举头三尺有神明",人类伤害了大自然,大自然对人类的报复不是在眼前,就是在未来,比如沙尘暴、水土流失等等。我不禁又想到这个冬天的疫情了。疫情期间，人们包括专家开出的药方基本上都与植物有关。

当然，人类毕竟聪明。花卉栽培，是花卉成为人的审美对象之后的事。人有意识地结合需要，创造性地改造客观存在，比如把野外自生自灭的植物"请"到院子里、花坛里大规模地栽培。栽培是选择性行为。栽培蔬菜，是人作为生命体的基础需要。栽培花卉，是人的精神审美活动的需求。被栽培的兰花身价也不低。去年夏天，有朋友从绍兴快递来六小盆三星蝶。这是兰花的新品种。三星蝶，三枚叶片，玲珑有致，像振翅欲飞的蝴蝶，颜色也好，是偏深的橄榄绿。三星蝶如此精巧，仿佛苏州园林里巧夺天工的太湖石,只是过于精巧,看得久了,便看出了其中的匠气。从简单到复杂,是不是一定是进化?收藏界的共识是,简约的明式家具价值要超越繁复的清式。单从形式上看,明代家具的特点是简约、线条好看,清代家具的特点是细节讲究、雕刻精巧。有人认为清代家具最大的败笔恰在于过度雕饰和无谓装饰,多了冗杂,少了留白。估计许多木匠师傅都不能理解为什么做工复杂、用料更费的家具反而不被看好。这就是美学问题了,而且是高级的美学问题。能够透彻地理解这个问题,这个木匠师傅就能成为大师,成为齐白石了。

美学问题是复杂问题。中学课本里有清代诗人龚自珍的文章《病梅馆记》,病梅是被疏枝后掰弯、拗了造型的梅花,虽然玲珑剔透、曲折有致,但在作者眼里已经生病了,不美。美来自自然,美来自单纯。或许,正是从这个角度,而不是从市场价格层面考虑,人们更喜欢山野里的兰草,喜欢花草不分,喜欢猝不及防飘来的幽香。

喜欢归喜欢,虽寥寥几笔,但想画好兰草可不容易。自古以来,画兰的人很多。手头有本《芥子园兰花谱》印刷本,这是国画入门级教材,我曾经拿毛笔跟着描了几笔,不像样,遂放弃。笔墨带意,油画可以修修补补,国画要一笔画成,呈现的是一日三课的童子功,童子功无法找补,这也是画国画和画油画的区别。中国画和中国书法一个道理,入门容易提升难,间架结构起落笔,招招式式是学问。老年书画社开办,往往许多人都去选修国画,当作爱好怡情养性,这当然可以,但真要学好可要下功夫。可能有人会说工笔画需要童子功,大写意应该不需要吧。这是误解。绘画中的大写意和书法中的草书,恰是在基本功掌握得比较扎实,笔墨自由后才能进入的高层级。最近在看张次溪整理的《白石老人自述》一书,收录了国画大师齐白石治艺的第一手经验,也佐证了这个观点。齐白石流传至今的作品以虾为最,此外,各种小动物、花蔬以及人物造像均有传神作品。早期工笔好,脱离了匠气后的写意尤其好。工笔是隔着一层透明玻璃的写实,写意则是加了丰富滤镜后的创造。中国画的"滤镜",

往往内含创作主体的审美移情和哲学观念,是具有美学自洽的笔墨表达。

笔墨最终投射的是人。这个春节接到画家刘晖的两个电话。刘晖是屯溪人,做过黄山画院院长。二十年前出走北京。早年以画松出名的刘晖,寓居北京这些年,箪食瓢饮不易志,在宣纸上依旧画着徽州,画着故乡,画着松树以及兰花。正是前些年在他位于北五环的那个简朴的画室里,我看到了古人画的兰花,也看到了今人画的兰花。今人的兰花,主要是刘晖的兰花。被称为"黄山松王"的刘晖,果然不是普通的北漂艺术家。人民大会堂正门的那幅国画《迎客松》便出自他之手。这么一位大画家,长得也眉目清朗,一开口,却还是一口屯溪方言,做派也完全是山里人的淳朴厚道,没有丝毫的花头。他寓居北京二十年,极少抛头露面。七十多岁了,底气却很足,巨幅松树一气呵成,就连书法落款也完美无瑕。画松树是刘晖的拿手活,早在1985年,荣宝斋就给他出了《黄山松》画册。这些年,远离黄山的日子,刘晖主要画兰花,写榜书。兰花是小品,刘晖画室里的兰花,比古人的细致,比今人的古雅,结构尤见用心,是我熟悉的徽州山里的兰草,柔、韧、朴、健,叶叶不同,叶花不分,灵动自然,"王者之香"仿佛可闻。

刘晖打来的电话第一次响时,我正在厨房里认真研究百合蒸南瓜。这是久违了的兰州百合,师弟年前刚从兰州寄来。与象征着美好爱情的百合花同名同源,美丽的花朵可供欣赏,地下鳞茎可以食用。上海人会吃,记得本邦菜里喜欢用百合做食材。本邦菜用的多为南方百合,清香中带点苦尾子。植物中凡可清热解毒者,大多性平味苦。有经验的人知道,百合有止咳平喘、清热解毒之功效,是中药里一味常用的药引子。全国唯一的甜味百合,产地在兰州。与南方百合不同,兰州百合是食盘里的珍馐,色泽洁白如玉,甜香软糯。20世纪80年代中期,我到兰州上大学,第一年寒假,在有经验的学长的指点下,背了一大包鲜百合回南方过年。洁白的百合,还有家在山西农业大学的下铺从太古寄来的金黄色的小米,谁也不知道怎么吃。

家里人都开了眼界。这是三十年前。现在,据说在兰州,冬天要吃到正宗的鲜百合也不大容易了。因为百合对土壤的要求特殊,产量少,每年冬天也就是春节前夕上市。北京的超市里偶尔能碰见真空包装的兰州百合,看起来也不错,应该是大规模栽培后的成果了。

栽培改变了植物,栽培也保护了植物,包括物种。纯粹自然的条件下,许多植物大概都会灭绝。

曾做过北洋政府财政总长和国务总理的熊希龄,一生娶妻三次,前两个妻子因病而死,最有名的第三任妻子毛彦文,号称"民国奇女子",后来做了香山慈幼院院长。熊希龄与毛彦文结婚已经是 1935 年的事了,婚后两年熊希龄病逝。此前大概是1921年,熊希龄在香山正式开办慈幼院后的第二年,胡适前去游玩。这时候的熊太太是熊希龄的第二任妻子,朱其懿同父异母的妹妹朱其慧。朱其慧诗词歌赋俱佳,被誉为熊希龄的事业伴侣。据说熊希龄在他太太面前还有点不自信,也正是在优秀的太太的压力下,他精研经史学问,中了进士,点了翰林,做了京官。当年,胡适在香山玩得很尽兴,带着主人家夫妇赠送的一盆兰花草回到城里,欢欢喜喜照顾了很久,但直到秋天,它也没有开出一朵花来,于是写了一首叫《希望》的小诗。过了将近半个世纪,陈贤德、张弼两位台湾艺术家对这首诗做了修改并配上朗朗上口的曲子,这就是《兰花草》。

　　胡适是安徽绩溪人,幼时住在山里,热爱兰草的情结可想而知。

忙踏槐花犹入梦

　　汉语里许多词确实天生带感。姨妈是这样,槐花、桑梓也如此。槐花和桑梓的"感",源自"集体有意识"。"集体有意识"是代代相传,包括课堂教育的结果。诗人或作家,往往是"集体有意识"的酿造者、添油加醋者和最佳传播者。

桑梓好理解。以散文《永州八记》而名的柳宗元,诗歌也写得洒脱传神。比如离开永州前一年所作的《闻黄鹂》一诗,写景叙事历历在目,忆旧抒情悲欣交集。"乡禽何事亦来此,令我生心忆桑梓",思乡情深,末章点题。桑和梓都是原生于中国的高大繁茂、美观实用的落叶乔木。在长期的农业社会里,农耕民族聚族而居,凡"五亩之宅"皆由父母长辈沿墙种植桑梓。因此,背井离乡的游子,往往用桑梓指代家乡。又因桑梓多为父母长辈所植,早在《诗经·小雅·小弁》里就有"维桑与梓,必恭敬止。靡瞻匪父,靡依匪母"之类的字句。《诗经》分"风""雅""颂"三部分,"风"是民歌,"颂"是祭祀音乐,"雅"被誉为周人的"正声雅乐",以时间划分,又分"大雅""小雅"。"小雅"作者的身份,大多介于"风"和"颂"的作者之间,或可称周初至春秋中叶的中产和中等收入阶层。在读书识字还是奢侈之事时期,这个阶层,大概囊括了绝大多数读书人。所以,从文本的角度,"小雅"对时人的精神世界和经济生活有着较为细致的描写。比如,在《诗经·小雅·南山有台》里,"南山有桑,北山有杨。乐只君子,邦家之光。乐只君子,万寿无疆"这六句,与前后六句共二十四句,在形式和内容上既对称又互补。"南""北"对仗,以桑和杨等植物起兴,帮助句式平衡,重点是后面提出的乐只君子、邦家之光、万寿无疆等。《诗经》是我国最早的诗歌总集,从中可以看出,在四六句里,作为植物的桑梓,这个时候已经受到君子般的礼遇。可见,虽然"一花一世界,一树一菩提",可以"齐物论",但人是有分别的,在人的世界,万事万物包括植物世界,逐渐对应出各种等级。动植物等级的最初形成,应该有赖于动植物和人类关系的疏密和人的好恶。

古代中国是这样,西方国家也是这样。有时候,东西方在"集体有意识"的酿造中,因为际遇和环境差别,产生截然不同的文化结晶。菊花在东方文化里有"君子""高洁"之誉,但在西方文化里,菊花是忌讳,与死亡相连,常在墓园栽植。所以,人类学的一个研究面向,就是追溯人类今日特质的源头和演变。

受到《诗经》礼遇的桑梓,对于人类,除了富有文化价值,本身确实具有实用功能。桑树也称农家桑,与农业生产关系密切。桑叶可饲蚕,桑果是美食,桑木是上好的建筑用材和家具原料。在中国长久的农耕时期,大概只有茶的经济地位可以与丝相媲美。因为茶和丝绸等本土物资而产生的对外贸易通道称为"丝绸之路"。现代工业的特点是规模大、快速,而种桑养蚕有自己的周期,依循的是古典时期自给自足的生产生活节奏。随着现代纺织工业的发展,原料来源多元化,丝绸和蚕农的地位已经急剧下降。这几年,因为各种原因,"丝绸之路"这个具有开放性指向的概念倒是又大热起来。

诗人都有自己的取景框,有擅长的诗体词牌,有爱用的物象。索绪尔的语言学结构理论主张从语词结构的角度研究文本,索绪尔的语言学理论要跟弗雷泽的人类学理论结合在一起,才更有意思。

吐丝结茧必须有蚕,饲蚕的桑树被广泛栽种之际,桑麻生活也成为"集体有意识"里的田园牧歌而被传颂。关于桑麻的诗词有很多,"开轩面场圃,把酒话桑麻""乡村四月闲人少,才了蚕桑又插田"之类,不赘述了,值得一提的是明代王祎的《忆别曲(二首)》。江浙是重要的丝绸产地,桑树和桑叶对于生于浙江义乌的诗人王祎既熟悉、亲切又富有记忆,他自己给这种"集体有意识"加了新味。"桑叶成蚕蚕作丝,络丝织作绫满机。欲将裁作君身衣,恐君得衣不思归。"这是第一首,描写从桑叶到成衣的过程,突然停顿、转弯,因为离愁产生了复杂的思恋情感,既关心恋人的温饱,又担心其远游不归。描写人类复杂微妙的情感,这才是有追求的诗歌写作的重点。如果说《忆别曲》第一首还在本事上做文章,第二首则完全是喻事。"低低门前两桑树,忆君别时桑下去。桑树生叶青复青,知君颜色还如故。"两首都以妻子或一个有交情的女子的口吻,写到物,如桑树、桑叶、络丝、裁衣,写到情,如离愁别恨。读古诗,字面是一层意思,是物,是象;字面背后是另一层意思,是情,是境。从物象到情境,中间是创作主体,关联的是主体的眼界、情感和价值观。王祎经历元、明两朝,被朱元璋起用后,曾与宋濂同修《元史》,后又受命赴云南招降梁王,在招降过程中被杀。由经历可推知,王祎文辞雅正,学识广博,并且有政治抱负,有胆略勇气。了解王祎其人,再读其诗,就能透过桑叶这类具有典型价值取向和情趣情感的字句,理解第二首《忆别曲》的寓意,了解诗人的本心。诗人是借写恋人相思之苦,抒发思乡之情,同时向君王表白复杂环境下坚贞不屈、专一用心的心志。王祎死后被朝廷赠谥"忠文"。

江浙不仅是古典诗词的天下,还是中国现代文学的半壁江山。又过了将近六百年,王祎的浙江同乡茅盾,在短篇小说《春蚕》里,以桑叶丰收后的江浙蚕农为对象,描写他们勤劳育蚕做丝却饱受折磨的悲怆世态。记得当年看《春蚕》,最感兴趣的就是老通宝对蚕宝宝的情感。以现实关切为重,以历史整体观见长,社会学家加思想家加作家,最后形成可流传的经典作品。《春蚕》与《林家铺子》都是茅盾的短篇小说代表作。

小说散文也好,诗词歌赋也好,修辞固然重要,使之能走得久远,但能够传世的作品,一定有其独特的情感和思想贡献。情感和思想,既是能力,也是力量。人类的情感力和思想力,夯实了人类的"集体有意识"。

李商隐的《锦瑟》,把春蚕写成经典,几乎被所有唐诗选本选收。喜欢李商隐的人很多,我也喜欢,年岁越大越喜欢。李商隐是李贺的粉丝,有李贺之奇妙,又比李贺多三分晓畅。李商隐和李煜都属于擅长表意抒怀的诗词家,才情汹涌,文辞漂亮。比较而言,年轻时更喜欢李煜,李煜更显哀艳。李煜的家仇国恨和感时伤怀,每每读完,都椎心蚀骨。但随着阅历和经历增加,李煜的词就不大能读进去了,更看重李商隐。看起来是翩翩浊世佳公子的李商隐,其实一生遭遇曲折坎坷,但为什么诗词中的李商隐给大家的感觉不是那么落魄,不是那么怨怼,不是那么沉重?哀而不伤,沉郁顿挫,李商隐有李白的才华、老杜的情怀。诗人的写作风格,恰恰成之于情感力和思想力。因此,即便是在才人辈出、风华绝代的唐朝,李商隐诗歌上的才名，也要远胜同侪。一本《唐诗三百首》，李商隐就占二十二席，数量位列第四，既高产，又高质。

李商隐的骈体文很出色，但他最擅长的文体应该是律诗。以《锦瑟》一诗为例，以"锦瑟"为题，本身就抽象，很难归纳，写人？写物？写事？《锦瑟》的多义性、微妙性、模糊性，使其成为诗词界的历史悬案。这恰是李商隐写作上的超前意识和"现代性"。《锦瑟》具有超文本性，从形式到内容，都表现出几百年后才出现的印象派的特点。所有杰出的印象派都会讲故事，但讲的那个故事，是艺术家自己的故事。《锦瑟》亦如此。一个伤感的爱情故事，用时空对比，进行具象和活化，写命运，写时空意识，写生命感。无论是首尾表达主旨,还是中间铺陈,叙事简约流畅,开凿的是意境和意义。一句"春蚕到死丝方尽,蜡炬成灰泪始干",流传至今,已经脱离情感本体,成为对春蚕和蜡炬物境的最精彩到位的描写。李商隐以春蚕对蜡炬,取其鞠躬尽瘁、死而后已的一面。写春蚕的用力,写丝绸的美好,写蜡炬的牺牲,貌似咏物,实则抒怀,都是本事之上的本质关切。李商隐是以用情专一深沉、爱情诗写得动人而闻名,那么,能说这首《锦瑟》只是在写爱情?独特性、多义性,恰是李商隐的诗歌优势。

一灯如豆,名不虚传。人的知识往往有很多盲区。比如说我,之前一直以为蜡烛的发明是工业社会的事。其实不然。大概是西汉时,少数贵族的家里就开始点上稀罕的蜡烛。西汉以前,点灯熬油,凿壁偷光,无论官府还是民间,都用油灯照明。早年间,我对文物考古特别感兴趣,去博物馆最爱看的是各个时代的生活用品。从杯盏碗碟等与人类关系密切的生活物品的形状、材质演变,可以看到人类生产技术的变化、生活方式的变迁,也是最基础的变迁。其中包括用来照明的灯具。

其实,"春蚕到死丝方尽,蜡炬成灰泪始干"也把桑梓都关涉了。由蚕到桑,桑的链条不言而喻。由蜡炬到梓这个链条,可能鲜为人知。蜡有蜜蜡、白蜡之分。蜜蜡的来源是蜜蜂,是动物。白蜡的来源是梓树等,是植物。梓树的白色种子,据说是白蜡的重要来源。当然,这一点,还需要继续取证。

与人类生产特别是生活关系密切的事物,会被传播得更加久远。桑、梓相连。古人以梓为良木,梓树被称作树王。但今天的人,对桑树的感情似乎更加深厚。传统的养蚕业虽然日渐衰落,但每到六七月份,大街小巷,肉乎乎的桑葚熟了,紫的、红的、青的,一股脑儿都来了,甜的、酸的,都有人买,人们对桑树的深情难以名状。比较起桑树,野生梓树越来越少,这大概也是人们对梓树日渐陌生的原因之一。梓树多存活在温带湿润地区,以长江流域为多。梓树是低调的树,除了种子可做白蜡,嫩叶可食可入药,梓树的木质要比槐树和桑树的软,是雕刻良材。

过去有"梓工"一说,指的就是善于木雕的工匠。"国风"是《诗经》时期的生活实录,由《诗经·国风·鄘风·定之方中》"树之榛栗,椅桐梓漆,爰伐琴瑟"三句,可知西周至春秋时,百工已经初具规模,雕刻、油漆、制琴等工艺分类普及。其中的"梓",是制作琴的底板的材料。

民间有"桐天梓地"一说。还有一种树木,也是制琴的好材料,这就是泡桐。泡桐生长快,耐湿、耐磨、轻便、纹理细腻、音色稳定,这些优点使桐木成为制琴不可或缺的材料。是故,琴又叫丝桐。桐木用来做琴的面板,所以叫"桐天"。这里的琴,包括琵琶、二胡、柳琴等。人有人性,物也有物性。物性本身无好也无坏,关键看怎么用。

比如说泡桐,本来因为软和轻,不能造房,也不能制作大件家具,但正因为轻和软,成为雕刻和做小家具的好材料。

桐,其实是我更熟悉的一种高大乔木。泡桐只是其中的一种,还有油桐、法国梧桐、中国梧桐。除了油桐,法国梧桐、中国梧桐、泡桐都是长江中下游地区常见的行道树。法国梧桐和中国梧桐都长得高大。法国梧桐,顾名思义,是外来户,相传20世纪一二十年代由法国人引进,在上海法租界栽种。以前没有注意,前年冬天回芜湖过春节,在安徽师范大学老校区门前的北京路上等待绿灯时,蓦然回首,才发现整个北京路以及环绕陶塘和镜湖的长长的石板路边,似乎都是浓荫密匝的法国梧桐。这个盛景,连著名的镜湖垂柳也望尘莫及。冬天不是法国梧桐开花的季节,倒是夏天时在南京见过开花。法国梧桐的优点是生长快,绿荫繁茂,身姿优美。南京的法国梧桐,好像一直比上海租界的出名,南京的法国梧桐有"带货人"。据说当年蒋介石为讨宋美龄欢心,号令在南京大面积栽种法国梧桐,以致若干年后,因为法国梧桐春天毛絮多、夏天毛辣子多,就是否砍树问题,全城展开了激烈的讨论。有支持砍树者,也有反对砍树者。支持者大都比较务实,反对者是从审美出发,双方各执其理,争议不下,结果是砍了一部分,也留了一部分。之前,有较真者辟谣,法国梧桐老家在英国,其实是杂种英桐。

有法国梧桐,就有中国梧桐。梧

桐是中国文化久远的乡愁符号。《诗经》号称"诗三百",光"桐"就有三篇提到。这个桐,就是中国梧桐。一次是前面说过的《诗经·国风·鄘风·定之方中》中的"椅桐梓漆",桐是制琴用材。一次是《诗经·小雅·湛露》里的"其桐其椅,其实离离。岂弟君子,莫不令仪"。最著名的还是《诗经·大雅·卷阿》里"凤凰鸣矣,于彼高冈。梧桐生矣,于彼朝阳"这四句,由此延伸出"种下梧桐引凤凰"之类广为人知的俗语。由《诗经》往下,经过《庄子》的《惠子相梁》,"夫鹓鶵发于南海,而飞于北海,非梧桐不止,非练实不食,非醴泉不饮",梧桐仍然以面向朝阳、引凤筑巢的高大神圣的形象出现。可是到了宋词中,梧桐染上了浓厚的寂寞愁苦色彩。以两首《忆秦娥》最为典型。一首是黄机的《忆秦娥·秋萧索》："秋萧索。梧桐落尽西风恶。西风恶。数声新雁,数声残角。"整个调子异常低沉。一首是李清照的《忆秦娥·咏桐》："断香残酒情怀恶。西风催衬梧桐落。梧桐落。又还秋色,又还寂寞。"从高大向阳的梧桐到愁苦寂寞的梧桐,说明"集体有意识"在流传的过程中也是不断变化的,甚至彻底改道。

　　从小到大,我住过的印象最深的院子,是刚从宣城搬回芜湖时住的一个带小套院的长方形四合院,是改良后的徽州建筑。南方四季雨多,院内沿墙砌有浅浅的流水明渠,青砖压地,树荫遮日,密布的苍苔开出了细小的白花。一大一小前后两院,前院住四户人家,后院是两个单身职工住,厕所也在后院。院门是木门。每晚上销插院门是对面爷爷的事。对面人家姓周,有两个漂亮的女儿。十点以后,门就很难叫开了。在这个院子只住了不到三年的时间,但是我所有的童年记忆,似乎都跟这个院子有关。记得夏天的早晨,搬把小竹椅,坐在清凉的大树下,对着静静流淌的水渠,开始背诵古诗词。第一首就是李白的《忆秦娥》。这是自选动作。五六年前,听说老街要拆了,特意去了趟老宅。院子还在,厕所没有了。后院那棵大树还在。那棵树,刚搬进去的时候,只有屋顶那么高,现在几乎戳到对面三楼。一直不知道是什么树。小孩子更关心那些香喷喷的大朵栀子花。有一年秋天,后院住的爷爷带着全院老少在树下打果子,其实是退化的花萼结的种子。后院住着的爷爷姓康,是南下干部,老伴和孩子留在北方,不常见。后院住着的爷爷只要在家,就能听到他的大嗓门。他最喜欢包饺子,饺子煮熟后,就叫小孩子们去吃,或者送到各家。这天,在他的指导下,我们把藏在心形叶片里的种子摘下来,炒熟,当零食吃。那之前从来没吃过,还真香。每一片都结了五颗种子。这棵不知名的树当天成了大院里的明星。那天是周日,大人小孩都在后院欢腾。许多年后,无意间发现那棵种子可以炒熟吃的大树是中国梧桐。法国梧桐和中国梧桐除了高大这一点相似外,其他的还真是天差地别。

　　印象更深的是泡桐和油桐。记住油桐,是因为吃过亏。油桐理论上应该是高大乔木,但奇怪的是,我见到的油桐树只有梨树一般大小。焦化厂的后面有一大片油桐树,五六月开花,密密匝匝的白花,比苹果花和梨花稍大些,据说台湾人特别喜欢,油桐花在台湾被称为"五月雪"。油桐也结果实,泛着诱人的油光,有人看护,我们一般不会去摘。南方潮湿,一下雨,就会长出各种菌类。那一次,也是雨后,树下长出一层地皮菜,其实就是地木耳,软乎乎的,像鼻涕。年长的孩子就约着一块儿去捡地皮菜。地皮菜炒鸡蛋是徽菜馆的一道风味菜,但我们家不爱吃。我陪着去,无聊,也是好奇,顺便在口袋里偷偷地藏了一个油桐果,接着就忘了。晚上的时候,两只胳膊和手奇痒,红肿,严重过敏。后来很长一段时间里,我都无法闻桐油的气味。

现在的家具会用各种颜色的环保漆上色,从前,家具以原木色居多。打家具时有分工流程,木匠只负责前期的家具构造,家具成型后,剩下的都是油漆工的活儿。家具好不好,油漆工占一半。讲究点儿的人家,会要求油漆工至少刷三遍,给家具涂上厚厚的保护层,南方潮湿,这样才不会开裂。家家户户要用各种木桶,洗脸要用,洗脚要用,拎水要用,倒马桶也要用。这些木桶天天跟水打交道,油工不过关,或者偷工减料,木桶就会漏。在长江流域,桐油还有一大用武之地,那就是造船。长江和大小水域里的船户,多用木船,木船制造过程中最重要的工序,恐怕就是油工了。油工不过关,船下水就沉。人命关天,来不得半点含糊。芜湖是长江下游的大码头,20世纪初创办的芜湖造船厂是芜湖的脸面,前身叫福记恒机器厂,至今还是中国船舶出口骨干企业。一艘艘木船用桐油刷完晾晒时,远看就像一只只仙鹤静卧在江边。这个优美的场景已是20世纪的记忆。如今,造船用的材料从金属材料、合金材料到高科技材料,层出不穷,防水性能本身就好,不需要晾晒。尽管这样,也动摇不了桐油的地位,桐油依然是重要的工业用材,油桐果是生物提炼桐油的主要来源。

只是在情感上,我一直不能把冷

冰冰的工业流水线,与盛开时那么漂亮的油桐花联系在一起。

泡桐开的花既有白花,也有紫花,介于法国梧桐和油桐之间。中国梧桐开黄花。这也是很有意思的现象。植物在给自己的存在细致地做着记号。

人其实也通过各种方式,包括书写,给自己的存在做记号。就以槐树为例。这些年以及前些年,汉民族的民间对山西省洪洞县大槐树的认同感如此强烈,以至于许多人,不管天南地北的,都认为自己的祖先是从大槐树下走出来的。在此之前,洪洞县被记住的大概只有可怜的苏三和"洪洞县里无好人"。"苏三离了洪洞县,将身来在大街前,未曾开言我心内惨,过往的君子听我言,哪一位去往南京转,与我那三郎把信传,言说苏三把命断,来生变犬马我当报还。"这一段,尤其是后几句,听得我酸楚悲切,心神难平。《苏三起解》是京剧保留剧目,许多大师都唱过,各家都有特色。据说,张君秋先生唱这段最出色。可惜,喜欢看戏、看得懂戏的人越来越少,苏三的名声日渐埋没,洪洞县里反倒是默不出声的大槐树越来越出名。2008年,大槐树民间祭祖习俗被列入国家级非物质文化遗产名录之后,大槐树越发被神化了。这当然是一种信息误会。误会源自元、明、清三朝发生的数次大规模移民。

　　故土难离,移民是迫不得已,主要有三层原因。一是战争战乱。对于中原汉族来说,元、明、清三朝中有两朝是少数民族入主中原,元兵和清兵好战善战,战火纷飞中,百姓流离失所,战争本身也消耗人口,政权稳定后各地纷纷向中原移民。二是环境恶化。黄河中下游形成悬河,不断改道泛滥,黄河流域民不聊生,不得不向适合生存的地区移民。三是朝廷高层主动移民。朱元璋即位后,明朝多次实行大规模屯田移民政策。由此可知,洪洞县是移民的一个输出来源,但不是全部来源。对于这一点,近年来有不少文章已经厘清。

槐,也称国槐。无论是官家,还是民间,槐都是栋梁之材。因此在古汉语语言体系里,槐引申为三公宰辅,如槐鼎、槐位、槐卿、槐望、槐岳、槐蝉,指代三公宰辅之位和高官显贵。槐宸、槐掖指代宫殿宫廷。槐府、槐第指代三公宰辅的宅第。中学课本里的《晋祠》一文写道,"晋祠之美,在山美、树美、水美","这里的树,以古老苍劲见长。有两棵老树,一曰周柏,一曰唐槐"。前人栽树,后人乘凉。古人有植槐种槐的传统,山西境内老槐古槐比比皆是。在绛县还发现一棵悬根古槐,据说有三千多年历史。植物如人,不择地而居,便能传播久远。

槐树和桑梓都是庭院里经常种植的树木。"槐林五月漾琼花,郁郁芬芳醉万家。春水碧波飘落处,浮香一路到天涯。"苏轼的这首《槐花》,直接以"槐花"入题,正面强攻。槐花盛开的季节大概是农历五月,也就是公历六七月,这个时候各种考试开始举行。

因此,在古汉语里,特别是古诗词里,"槐"指科考。"槐花黄,举子忙;促织鸣,懒妇惊。"这是苏轼的《残句槐花黄》,只有一句十二字,但也能传世。槐花的颜色是淡黄色,所以考试的月份也叫槐黄。看见"槐秋"一词,我们就知道这一年是考试的年头。有意思的是,1977年高考制度恢复以来,高考时间也定在每年的7月份。2003年暴发"非典"那年,高考时间由7月调整到6月。2020年,高考和中考的时间又推迟到7月,还是槐花盛开的时间。

书生赶考叫踏槐。南宋有两首写槐花的诗,都写到"踏槐"二字,但意思完全不同。一首是林景熙的《立秋日作》:"苦热如焚想雪山,清商一夕破愁颜。炎光断雨残虹外,凉意平芜远树间。忙踏槐花犹入梦,老催蒲扇共投闲。城头遥望累累冢,辽海荒寒鹤未还。"一首是韩元吉的《送沈信臣赴试南宫·共踏槐花记昔年》:"共踏槐花记昔年,一弯新月夜移船。君行为问灵泉水,梦到松林石壁前。"第一个"踏槐"用的是踏槐本义,是写节气。作者林景熙是南宋遗民诗的代表人物,国破山河在,写故国之思难免伤痛,但又不能直说。读这类诗,如果不了解历史背景,往往就无法接收到诗歌的全部信息。第二个"踏槐"取的是赶考之意,写同科考试的友人和友情,写得深情款款。韩元吉也是南宋时期重要的诗词家,作山林情趣之类的词比较在行。

唐代诗人中,白居易也许是最喜欢

养花的诗人,同时也写了不少关于花的好诗。槐花这样一种富有文化内涵的花,当然会被白诗人眷顾。比如《暮立》:"黄昏独立佛堂前,满地槐花满树蝉。大抵四时心总苦,就中肠断是秋天。"比如《答刘戒之早秋别墅见寄》:"凉风木槿篱,暮雨槐花枝。并起新秋思,为得故人诗。避地鸟择木,升朝鱼在池。城中与山下,喧静暗相思。"两首都流传很广,平易畅达,又诗思敏捷。

关于槐花的好诗句实在太多了。槐花对于古人,是精神和文化的正面指向,长安城里因此栽满了槐树。正如韦庄在《惊秋》里所感慨的:"长安十二槐花陌,曾负秋风多少秋。"韦庄是花间词派代表人物。

姨　妈

汉语里,有些词天生带感,比如"姨妈"。

与"姑奶奶"的强势相比,"姨妈"这个词的指向要柔和得多,是有时可以替代外婆和母亲的女性角色。我总以为,没有姨妈的女孩,作为女人的这一辈子,仿佛缺了点什么。

再过些日子,姨妈就要从生活了一辈子的城市马鞍山来看母亲。现在是夏天,她们姐妹俩计划从北京直飞圣何塞。她们的大哥——我的83岁的大舅舅住在旧金山附近的圣何塞,那里大概是全美华人居住密度最高的区域。

母亲最小,两个哥哥和一个姐姐都要比她大出好多。比母亲年长10岁的姨妈,解放那年与丈夫离了婚。这位先生着实不像话,年纪不大,吃喝嫖赌样样在行,母亲说他是个"二流子"。离婚后的姨妈顶着一头短发,兴许还别着一枚发卡,欢脱地从人群中走过,便有许多未婚的男子心神不宁了。姨妈后来又有两次婚姻。后两位姨夫不仅根红苗正,还受过较好的新式教育。第二位姨夫从林业大学毕业后被分到马鞍山的国有林场工作,他死后,第三位姨夫来了。这是位老中专生,一生都在市机关当会计,娶姨妈的时候,年轻又帅气。当时真是既守旧又解放,两个没有婚史的男人,竟然会先后娶一个离异和丧夫的女人,我想,与其说这个女人有魅力,不如说社会风气开明,以人为主体的爱情和以爱情为基础的婚姻理念贯彻得彻底。

姨妈漂亮吗?说实话,母亲家没有长得特别漂亮的人,除了大表姐。大表姐的漂亮遗传自她的母亲,不一定是旧金山的舅舅的功劳。很长时间,我都喜欢拿姨妈与母亲比。比较起来,还是年轻时的母亲好看。母亲个子矮,又有点发胖,这是中年后的形象。有张母亲年轻时的照片,夹在烫金字的笔记本里,瘦削的脸上两只大眼睛满铺着忧伤的美,眉眼细节有点像某个香港女演员。姨妈是瘦高的,一直瘦。精瘦的姨妈年轻时特别活泼,又出身于所谓的大户人家,举止大约有了一些妙不可言的味道。某年,看《北京晚报》刊发的关于张学良的访谈文章,旁边配发了一张赵四小姐和张学良的晚年生活照,就觉得眼熟——姨妈长得可真像那位从来也不曾特别漂亮过的赵四小姐。也许,对男人来说,女人的容貌并没有想象中的那么重要。

姨妈和旧金山的舅舅出生时赶上外公的盛年。整个家族,外公行八。雄心勃勃、远近闻名的八先生,据说比

《太平府志》里记载的我们那位御赐红翎的先祖还要有才。八先生是乡绅,家设书馆,学生大多有出息。我工作后碰到的第一位高级领导竟然是外公当年的学生,令人吃惊不小。马鞍山当时不叫马鞍山,叫当涂。当涂是整个太平府的行政中心,清雍正年间,当涂成为安徽学政的驻地。当涂的隔壁是两江总督府衙所在地南京,再远点是上海。上海是清晚期以后才发达起来的。旧时当涂人外出,最喜欢去南京。外公的两个妹夫当时都在南京政府做事,其中,陶家妹夫已经做到次长的要职。两位妹夫都是外公父亲的学生。外公单传,所以,外婆过门后一气儿生了十二个孩子,以图壮大门庭。结果,活下来四个,其余八个由于各种各样的病先后死去,足见当时医疗水平很差。当然,也有人说是因为外公后来鸦片抽得厉害,孩子们先天不足。

中国女人的生育能力是让人赞叹的。外婆一生十次生产,其中有两次生了双胞胎,最小的那两个孩子是龙凤胎。"龙"自然集万千宠爱于一身,母亲是被轻视的"凤"。生这对龙凤胎时,外婆热毒攻身,乳汁质量差,家中于是为"龙舅舅"延请了奶妈,让母亲喝外婆的乳汁。大家都以为母亲一定活不长,谁料,"龙舅舅"突然高烧不治,女孩虽然瘦弱可怜,毕竟长大了,日后甚至成为外婆最挂心的小棉袄。

一年冬天,已经是"文革"后,好像是正月,我从睡梦中被谈话声吵醒。那些年,大概为了弥补之前多年骨肉分离的缺憾,每逢春节,妈妈的兄弟姐妹都要热闹地聚上几天。那年,他们拖家带口到我们家聚会,人多,房子小,长辈们就围炉夜话,聊着聊着,声音大了起来。只听兆健舅舅粗着嗓子恨恨地说:"就是她,不听话,老跟王家来往,把妈妈活活气死了!"

兆健舅舅说这话时,被判气死自己妈妈的姨妈已经睡着,不能申辩。

兆健舅舅说的王家,是外公的大妹夫家,也就是外婆的大姑子家。比较起外公家世代书香,外婆娘家大概属于当涂街上恶霸老财一类。一代人有一代人的苦衷,外婆是个小脚女人,从有钱有势的城里人家嫁到乡下,并没有得势,或者说过得不大舒心。强势的小姑子和嫂子相处似乎不是很妙。在微妙的亲人间的争斗里，逐渐成人的姨妈受宠极了，像只花蝴蝶，是大家族的情感纽带和活跃分子。母亲说，姨妈早熟，喜欢也善于跟女性长辈打交道。从前，大家庭里用度大，大人孩子很少穿商店里的成品衣，从头到脚基本上都是自己妈妈或者街上裁缝的手艺。姨妈天生灵巧，又经外婆严格训练，一应家务活都拿手，女红尤其出色，颇受大家器重。比姨妈小10岁的母亲就没这么幸运了。母亲出生时，外公已抽上万恶的鸦片，身体毁得厉害，没等解放，就抛下一家老少先自解脱。外公病故前，家中良田基本卖得差不多了。外婆是解放后的第六年，在自家老宅的门房里离开人世的。外婆去世后，13岁的母亲成为孤儿，依靠哥哥、姐姐接济生活。母亲没有童子功,后来所会的一点针线活,大约是生活所迫,无师自通。凑巧的是,针线活对我们刘家女眷来说也是弱项,母亲的那点三脚猫功夫在婆家居然被称赞。姨妈听闻非常吃惊。在姨妈心中,妈妈大概永远是那副笨手笨脚的小模样。母亲于姨妈,是妹妹,也似女儿,外婆死后,母亲主要由姨妈照拂,母亲的笨是被姨妈的巧衬托出来的。

外公去世前夕,姨妈嫁给以浪荡闻名的丈夫——这个丈夫当然是长辈指腹为婚的结果。婚姻和家庭是旧时代女人的全部,得遇良人,便是一好万好,否则一生便打了水漂。旧式婚姻中女人不由自主,完全靠碰运气。以姨妈当时的条件,第一个丈夫的德行当然不匹配,但姨妈愿意过安稳的人生。好在后来人民政府主张婚姻自主,趁着有利形势,姨妈毅然决然提出离婚。半个世纪前的江南,传统势力之顽固要远胜别处,姨妈此举是有见识,更需要勇气。见识归功于自我教育,勇气则出自天性。姨妈的这份永不消逝的勇气,其后在不同的时期,以不同的形式,支撑着她。

1949年初,国民党政府计划撤离南京,迁转广州。陶家姑婆手里有几张机票,想带走娘家侄子,被外婆一口拒绝。男人不在了,女人家要自己拿主意。当年,看着意气风发的大舅舅,看看尚未成年的小舅舅兆健和年幼的母亲,外婆决定更信任自己的娘家,把未来的筹码全部赌在自家哥哥身上。

不料,还没解放,这位哥哥因命债在身潜逃至东北深山老林,六七年后被揭发并逮捕枪毙。这六七年间,外婆的这个胆大包天的哥哥还娶了个太太,生了几个孩子。半个多世纪过去了,音信杳无,母亲家的这一脉血脉如风筝断线,失落在东北大地上。

陶家一家和王家姑爹最终去了台湾。陶家刚出生的二儿子、王家姑婆和她的三个儿女留了下来。大舅舅与南京表弟从南京出发,随解放大军南下,落户在云南文工团。20世纪60年代,陶家从台湾举家迁到美国夏威夷,后来去了旧金山。中美恢复邦交没两年,陶家姑婆病重,想念大舅舅。在父亲的帮助下,刚刚摘掉右派帽子的大舅舅,拿着探亲签证,渡过重洋,去探望分别了近三十年的亲人。姑婆去世后,陶家姑爹念旧,希望大舅舅留在旧金山陪侍他。大舅舅这一留就是近四十年。

带着儿女坚持留在大陆的王家姑婆倒是活了很久。我见过这位姑婆,是位现实版的王熙凤。

王家姑婆晚年总是一个人端坐在大屋子里,她容长脸,说话很轻,不怒自威。儿媳妇老实,端茶送水,恭恭敬敬。我们小孩都怕她,绕着她走。鲁迅写他的曾祖母一个人坐在黑暗中,淘气的孩子爬上她的膝盖拽一拽头发,她也不生气。我们的这位姑婆,是没有哪个孩子有胆量爬上她的膝盖的。只有姨妈例外。姨妈与王家姑婆一见面就叽叽咕咕,老人家偶尔还会笑得前仰后合。一人一命,大小姐出身的王家姑婆,前半生被人伺候,后半生为了生存,施与别人难以想象的痛苦和折磨,自身想必也经历了难以想象的痛苦和折磨。当年她为什么不愿随夫去台湾?在她和姨妈的交谈里,也许有一些秘密可以共享。王家姑爹去台湾后再无音信,两岸"三通"后,传来的消息是人已去世。凝望那端坐的背影,王家姑婆的内心世界,我们永远无法懂得。

老式人家礼多。母亲回娘家,也会给王家姑婆送去礼物,但很少与她交流。以至于很长时间,我都以为那位威风凛凛的老太太是母亲家的老街坊。外婆最痛苦的那些日子,年幼的母亲都看在眼里。母亲说,王家的儿子经常在外婆正吃着饭的时候大喊"陈师娘,你出来",陈师娘就放下饭碗,跌跌撞撞地去拿纸糊的高帽子。某种程度上,外婆的确是被王家人气死的。母亲说,由于外公抽鸦片,外婆投资不当,家里早已破产,除了一些字画文玩,并无多少浮财。起初,外婆的生活还很正常,在云南工作的大舅舅也来信说准备转业回家,但接着就不对了。当时号召打地主分浮财,率先跳出来,且喊得最凶的,不是别人,正是嫡亲的王家姑婆和她的两个儿子。特别是那个老大,因为表现积极,当了队长,整天喊着批判陈师娘。陈师娘就是外婆,他的舅妈。外婆住了半生的老宅,当时住着王队长一家。王家姑婆将近90岁才无疾而终。其间,所有关于姑婆的消息,都是姨妈讲给我们听的。小舅舅兆健对此尤其不满。

外婆去世后的第三年,母亲去外地读书,体检时体重不足50斤,差点被招生办拒之门外。此后又过了将近二十年,母亲才带着她的丈夫和孩子,再次见到自己的哥哥、姐姐。

母亲的两个哥哥年轻时相貌酷肖,不熟悉的人往往会认错。兆健舅舅要瘦一点、高一些。母亲70岁后的模样跟哥哥们也很相似,她和兆健舅簇拥在沙发上,竟然像老哥俩,DNA的顽固性可见一斑。晚年的兆健舅舅佝偻了,皱纹深刻,比旧金山的舅舅还显苍老。旧金山的舅舅是全家的精神核心,我将另著文记述。

在母亲的亲人中,我第一个见到

的是兆健舅舅,其次才是姨妈。

1977年,是这一年,不会错。这年,这个叫刘琼的小姑娘7岁,基本是个文盲,被祖父母带着坐船、坐车送到小城。父母在小城工作。小城真小,生活在这里的人互相知根知底。小城小到拎着一个印着大红牡丹的水瓶去荷花塘的老虎灶冲开水,刚刚下完雨,去老虎灶的那条青石板路面滑,滑了一跤,壶碎了,还没回到家,小孩子的耳朵里似乎已经传来了母亲怒气冲冲的训斥。当然,这只是小孩子的想象。母亲那个时候虽然年轻,但脾气极好。母亲姓陈,单位里的人都喊她小陈或陈阿姨。喊"陈阿姨"的那个新入职的姑娘其实比母亲小不了几岁。从前人为了表示尊重,会做小伏低,明明是弟,会称兄,明明是同辈,会尊称长。年轻的小陈或陈阿姨长得好看,当然,最主要是性格温和。母亲和婆家的关系一直很亲密。我们老刘家这一支明末从江西南昌迁徙到安徽,又经数次调整,定居在水泽之乡芜湖。外来户通常有危机感,凝聚力较强,老刘家人日常往来因此比较频繁。乡下人简单,有时候不太讲礼。当然,通信也不发达,往往中午十二点下班,母亲急急忙忙从单位赶回家,刚煮好饭,对门奶奶一声"小陈,来客人了",走进来三五个在城里办完事的亲戚和亲戚的朋友,特意为孩子们长身体准备的一小碗红烧鲫鱼,瞬间成了客人的下酒菜。母亲脾气好,可小孩子不高兴了。母亲通常还会差我们去机关大院外的卤菜摊,斩上三两块钱的红鸭子。卤鸭分红白两种,卤汁卤出来的是白鸭子,红鸭子指烧鸭。那家卤菜摊的红鸭子皮脆肉嫩,特别出名。要是赶上吃早饭,我们就得端着搪瓷缸去马路对面的荆江饭店买两屉小笼包待客。回回如此。亲戚们都夸奖母亲贤惠。贤惠,大概是小地方人对女性的最高评价吧。父母是双职工,工资低,花销大,记得每到月中,母亲便悄悄去找管劳资的陶奶奶预支下个月工资,所谓寅吃卯粮,实在因为入不敷出。这样的日子里,我们最盼望祖父母来家。祖父是离休干部,工资高,父亲又是独子,祖母格外溺爱父亲,每次祖父母来看我们,几乎就是整个副食品公司上门服务,各种时令鲜货如菱角、荸荠、甘蔗等,一应俱全不说,还有清早刚从屠宰场买来的猪里脊肉和各种下水、从"出入风波里"的小渔船上趸来的成袋活鱼。豆腐坊女儿出身的祖母,厨艺是出了名地好,一把普通小青菜都会炒出滋味来,面对嗷嗷待哺的几张嘴,更是使出浑身解数,顿顿变换花样。祖父祖母来家的日子,是小孩子的节日,不仅口腹之欲大大得到满足,且因为有祖父母在,父母对我们的管教也会适当放松。可惜,不等自带的干粮吃完,祖父就说要走了。母亲一定是苦苦挽留,小孩子也眼泪汪汪。这种情况下,往往是祖父先走,祖母单独留下来再住上半个月。待到祖母要走时,祖母自己先就不舍、流泪,临行前还会给每个孩子都留下零花钱。如是,在孩子的错觉里,只道我们兄妹是祖父母疼、祖父母养。

与祖父母如此相亲的一个客观因素是,很长时间里,我们只能感受到父亲家族的亲情。从我们生活的芜湖到母亲的娘家当涂,直线距离不足八十公里,9岁那年,我才第一次见到母亲家的亲人。

能够见面的确切原因已不记得。在此之前,主要是不能见面的日子,母亲与她的哥哥们似乎断断续续在通信。一个人关于语词的记忆特别偶然。比如我,第一次知道"唇亡齿寒"这个词时只有八九岁,是无意间在忘了上锁的抽屉里看到兆健舅舅写给父亲的一封信。兆健舅舅在信中先是热情洋溢地夸奖了一番父亲对母亲多年来的照顾,说他和父亲的关系现在是"唇亡齿寒",今后要多联系、多关心,等等。大意如此。文绉绉,新鲜,好奇,不懂,但记住了。

第一次见面是1979年的冬天。那年冬天,南方奇冷。对于我,这次见面是悲惨的记忆。大年三十的黄昏,雨雪霏霏,父亲母亲领着我们兄妹,背着特别沉重的年货,一路换车,最后停在了采石矶。李白的"天门中断楚江开,碧水东流至此回。两岸青山相对出,孤帆一片日边来"写的就是采石矶的美景。李白的叔父李阳冰在当涂当县令,李白一生七次来此并终老青山,青山李白墓迄今仍是文人雅集之地。可惜,美丽的采石矶给我的第一印象,是泥泞和严寒。父亲母亲拿着一张写着地址的纸条到处问路,夜幕下,行人越来越少。已是掌灯吃年夜饭时分,近处远处的炮仗稀稀拉拉地响着。哥哥牵着我的手,深一脚浅一脚地走在后面,又冷又饿。寻找还是无望。兆健舅舅婚后定居的这个地方,可怜母亲大人也是第一次来。我哭了,不肯继续往前走。娇气、任性,这一场哭泣后来成为哥哥笑话我的主要把柄。总而言之,这一场艰难的寻找最终结束在深夜。就在父亲和母亲都快绝望之际,竟然邂逅小舅舅兆健家的一个邻居,他从外地回乡。热情的邻居直接把我们送到兆健舅舅的面前。通信设备不发达的年代,兆健舅舅的后院里,一大家人正一筹莫展。见到素未谋面的妹夫和孩子,桀骜不驯的兆健舅舅一把抱起还在哭泣的我,傻呵呵地笑了。这时候,从后院走出来一群女眷,其中就有姨妈——姨妈自然是最醒目的女性。具体的细节忘了,反正姨妈流泪不止。姨妈的能干和气质像探春和史湘云的结合,她的善良却是李纨式的善良和柔软,因此,就连气死外婆的王家姑婆也能在她那儿获得友谊。面对二十年没见的小妹妹,姨妈百感交集。姨妈一生豪爽大方,是日常生活里的女侠,与母亲感情又极好,见到我们这些侄儿侄女,恨不能把口袋里的钱都掏出来当压岁钱。姨夫在一旁尴尬地笑着。母亲敏感,坚决地制止了姨妈的豪举。

母亲早就托人从上海捎回各种图案、各种质地的漂亮手绢,这会儿从行李包里拿出,一一分送给表姐们。给男孩子们的是什么礼物,我忘了。多出的两块最后悄悄地塞给最小的英表姐了。她不知何故,正噘着嘴生气。这个爱生气的英表姐,我们后来都叫她"气表姐"。"气表姐"成年后陷入传销陷阱,差点把命给丢了,这是后话。夜深了,小舅舅端着酒杯一饮而尽,说:"我们一家终于团聚了!"

我已是一个男孩的母亲后,我母亲和父亲有次当着我的面谈起姨夫姨妈,起了纷争。母亲说姨夫配不上姨妈,父亲坚决不同意,说姨夫当时娶姨妈,是姨妈高攀。

姨妈的前两次婚姻是我们家的秘密。长到30岁,我都以为姨夫是姨妈的原配。作为老中专生的姨夫爱计较,姨妈却格外大方、大气,两人性格反差巨大。小孩子都喜欢大方的人。我认识姨妈的时候,农民出身的姨夫在市机关工作,城里分了房,姨妈这位前大小姐还是愿意回乡务农。她可真能干,也爱干活,有劳动妇女的麻利和勤劳。不仅干农田和菜园的活,姨妈还在自家的客厅开辟了一个小小的杂货店。我第一次到姨妈家,就被这个微型杂货店里摆放的各式糖罐深深地吸引了。姨妈大方,村民来店里打酱油、买火柴,喜欢赊账。村民收入来源大多很少,有的人赊到最后,还不起账,就开始赖账。饶是这样,姨妈还要抓两颗水果糖,硬是塞到那个被抱在怀里的小妹妹的手里。一年结算下来,杂货店的本都收不回来。当会计的姨夫不高兴了。这个店开还是不开,成为他们家常年吵架的源头。"傻大方"是姨夫给姨妈判定的"罪责"。姨妈不傻,姨妈就是大方,加上脸皮薄,她拉不下脸来跟人要债。另外,必须承认,在泼辣这点上,姨妈真是不及一般劳动妇女。乡村社会,红白喜事应酬多,应酬在于来与往,姨妈的往总比来的标准高。原先村民收入少,姨妈这种大方还可理解。这些年,这个地方开矿山、修机场,村民手头有钱了,还是这样的往来模式,姨夫当然不高兴了。在宅心仁厚的姨妈眼里,大约人人都很可怜,别人稍稍哭下穷,她就信了。

　　姨妈总是吃各种亏。姨妈家的隔壁住着姨夫的父母和弟弟一家。两家一墙之隔,但往来不多。热情大方的姨妈,与普通邻居反而出出进进来往频繁。我年幼时对此很不理解。后来知道,当年姨夫娶姨妈,不是没有压力,而是顶着巨大的家庭压力和社会舆论压力。就拿兄弟两人联合建房来说,按理应该一家一半集资,父母开口了,说弟弟收入不及哥哥,哥哥应多出。分房时,至少一家一半吧,反而是弟弟比哥哥多分一间,理由是父母跟他们同住。长子为大,姨夫是长子,习俗上长辈应该跟姨夫住,但公婆拒绝了。没说理由,大家心中明白。姨夫跟姨妈结婚,姨夫的父母对这位结了两次婚的儿媳是千般万般地不满意,万般千般地反对。无奈儿子坚持,老两口没办法,儿子终归是儿子,他们最终是把鄙夷和冷淡毫不掩饰地撒到姨妈的身上,甚至殃及孙辈。他们不仅嫌弃姨妈,还嫌弃姨妈跟姨夫生的三个孩子,这使姨妈愤怒和痛苦。在传统中国社会,因为关系密切,婆媳矛盾是常有之事,有智慧的丈夫会调停双方,大事化小,小事化了。我的这个年轻又帅气的姨夫结婚时颇有勇气,结婚后对家庭关系的复杂性却既缺乏充分的预料,又缺乏化解的智慧,于是家庭关系越来越复杂,大家庭失和,小家庭也失和。姨夫姨妈的性格反差显示出来,作为男人的姨夫,在姨妈眼里的分量越来越轻,越来越无法依靠。再强势的女人,骨子里都是柔弱的,都需要爱人呵护,何况是姨妈这样命途多舛、曾经经历过甜蜜爱情的女性。一腔热血或者是被爱情迷惑的姨夫,走入婚姻后,忘了一个基本事实:对于一个社会,家庭是独立的政治单位,婚姻是经济关系,也是政治关系,夫妻是命运共同体。生活的压力全部叠加到姨妈一个人身上。与公婆不和时,姨夫又常常指责姨妈,两个人的矛盾越来越深。姨妈那张曾经欢脱昂扬的脸渐渐地就垂了下来。

尽管百般不易,姨妈这一生的主要时光还是贡献给了姨夫。

待到我稍稍解事,姨妈和姨夫的家庭矛盾已尽人皆知。小姑娘喜欢瞎想,有时候我就想,姨妈要是嫁给一位温和的姨夫,会是什么样呢?

姨妈会是什么样呢?从母亲和长辈们的嘴里,姨妈的前尘往事渐渐浮出水面。

姨妈的第一次婚姻解体,姨妈占主动权。姨妈的离婚得到大家的支持。这次婚姻,没有给姨妈留下任何负资产。

姨妈一生最幸福的时光,是在第二次婚姻期间。那是姨妈最好的年华,恰当的时候,遇到了恰当的人。然而,最好的年华最短暂。外婆去世那年,姨妈的第二个丈夫跳楼自杀了。

母亲讲这一段的时候,正是月圆的夜晚,好像还是中秋节。我们家有拜月亮的传统,每逢中秋,母亲总是当窗摆好桌子,放上四碟供品:石榴、苹果、菱角、月饼。那一年,我应该还在读研,我从杭州回到芜湖过中秋。夜深了,我和母亲一边啃着菱角,一边聊天。母亲开始不把我当小孩了。母亲叹息,说姨妈的命真苦啊,明明很出色的丈夫,明明很恩爱的夫妻,何况女儿出生刚刚一个来月,怎么就会去跳楼呢?!据母亲描述,这位姨夫文质彬彬,脾气特别好。母亲说这话时,潜意识里一定在拿后来的姨夫做比较。

脾气特别好的第二位姨夫去世时才 26 岁。姨夫死的时候正是夏天,南方夏天的雨又急又大,持续了整整一天。傍晚时接到消息,只有 10 来岁的母亲,陪着可怜的姐姐去太平间看死去的人。母亲说她怕极了。母亲说这话时,我的汗毛仿佛也竖了起来。姨妈当时还在月子里,姨夫的消息传来时孩子正发着烧,不久后,也死去了。这是姨妈的第一个孩子。老天似乎跟她开了一个玩笑,瞬间把她的一切都剥夺了。滂沱大雨不停地下,天都下漏了,姨妈的眼睛也哭漏了。哭了整整一个夏天的姨妈,坚强地活了下来,只是沉静了。她的幸福仿佛正在离她远去。

这么多年来,姨妈很少谈及这位姨夫。只有一次,她跟母亲聊天,聊到人性,她说"那个人的性子太软"。这么多年过去了,姨妈的话里还带着不能释怀的恨,她是恨他不陪自己度过漫漫人生,恨他把没有办法了却的思恋和痛苦留给生者。

"心比天高,命比纸薄",是中国古典小说《红楼梦》对林黛玉、晴雯、妙玉这类女性命运的提炼。追求爱情和婚姻自主的姨妈,挑来挑去,挑到第三位姨夫。

母亲偶尔抽空带我们去看姨妈,姨妈特别高兴。在那张有着踏板的旧式大床上,姐儿俩常常要絮叨到天亮,睡在隔壁的姨夫是姐儿俩永远不变的话题。姨妈的无奈也像岁月一样永远不变。中国式的劝架是劝和不劝离,母亲也如此。我在脚头听个一鳞半爪,睡着了。

心高的姨妈,与姨夫磕碰了一辈子,终是把日子过了下来。姨妈50多岁的时候,公婆去世了。姨夫跟姨妈也吵不动架了。公婆去世后,姨妈的第一个举动,是把乡下的住宅跟隔壁小叔子家彻底地切割开来,往后退了5米,圈了个独门独户的院子,盖了栋小洋楼。有段时间,可能是姨夫刚退休那几年,在前庭后院种满了大大小小各种植物。被姨妈伺候了一辈子的姨夫,开始殷勤地伺候他的那些花儿草儿、盆儿景儿。这些娇气的花木在姨夫的手里居然蓬蓬勃勃,花木都颇有姿色。一辈子,姨妈都没有这么清静过。花木葱茏的小院似乎有了点世外桃源的味道。

世外桃源的日子很短暂。先是小院原址被机场建设征用,后是姨夫突然倒下。

姨妈和姨夫住回城里。三室一厅的房子,空空荡荡,老两口终日面面相觑。一日早起,姨夫突然舌头就打结了。这是开始。接着,记忆崩溃,貌似精明了一辈子的姨夫就这样痴呆了。痴呆了的姨夫有一天上洗手间,坐在马桶上,就再也没有站起来。

我不由得想起1979年那个冬天的夜晚,姨妈掏钱时姨夫尴尬的笑,想起更多充盈日常生活的来来往往,想起姨夫年轻又帅气时的热情。姨夫很高,也瘦,肤色白皙,即便是年老痴呆后也还干干净净。姨妈嫁给姨夫,也一定感受过爱情的欢愉。姨夫走了,我们都为姨妈松了口气。这是我们的私心。姨夫这辈子大概连一个碗都不曾洗过,姨妈像伺候孩子一样伺候着姨夫,不包括各种责难。姨夫走了,姨妈应该彻底轻松了。姨妈的腰从来都是直直地挺着,70岁的时候,从远处看,背影还像个少女。姨夫去世后,姨妈的腰开始佝偻。母亲担心,邀姨妈来京小住。姨妈答应了。从冬天推到春天,春天推到夏天,这个夏天应该可以成行了。

突然想起一个遥远的细节。也是一年春节,大家聚在一起包饺子,不知为什么,姨妈摸着我的手对母亲说:"这丫头贵人命。手指又长又圆,手掌还那么绵软有肉。"当时我正在学汉乐府诗《孔雀东南飞》。从芜湖坐轮渡渡过长江,就是庐江府。庐江府小吏焦仲卿妻刘兰芝的故事那么悲惨没记牢,记牢的反倒是"腰若流纨素,耳著明月珰。指如削葱根,口如含朱丹。纤纤作细步,精妙世无双"这几句。那时我们一边背书,一边相互比较,看看到底谁是"指如削葱根"。我先自颓了。不承想,这被嫌弃的绵软有肉的手,在姨妈眼中竟是贵人相。许多年过去,姨妈当时惊喜的模样又浮现在眼前。姨妈自己"指如削葱根",是标准的美人手,但她好像并不满意。

《孔雀东南飞》里还有几句我也喜欢,就是"枝枝相覆盖,叶叶相交通。中有双飞鸟,自名为鸳鸯,仰头相向鸣,夜夜达五更"。

一个人的"五四"

——《两只蝴蝶》及新诗

《两只蝴蝶》是胡适于1916年8月23日写的一首诗,也是现代文学史上的第一首白话文诗。无论当时还是今天,从诗体本身来看,这首诗都被认为是平平之作,但它在文学史上的地位以及它传达、传播的信息,一直被认为是独一无二的,是珍贵的。

先说写作当时。有史家说中国近现代史上的重大革命活动是在异国他乡酝酿成熟的,比如辛亥革命,比如新文化运动。这与当时中国社会现实环境有关。一方面,封建制度对整个中国社会方方面面的发展都造成严重阻碍;另一方面,整个世界发展出现高地,先进强大地区(包括文化)势必对落后贫弱地区(包括文化)形成压迫,东西方列强用武力敲开中国大门之后,开始了大规模的文化入侵战略,比如庚子赔款留学计划。庚子赔款留学计划,从始作俑者美国的角度来说,本质上是一项长期的文化侵略,但客观上让少部分中国知识分子开始了解外面的世界,从盲目自信的封建老大意识里清醒过来。"师夷长技以制夷",这是辛亥革命前一部分中国社会精英分子的普遍共识。辛亥革命是孙中山与同盟会、兴中会元老在日本东京、长崎等地酝酿,新文化运动便是由庚子赔款赴美留学生胡适等人率先举旗。写《两只蝴蝶》时的胡适,作为第二批庚子赔款的留美学生,已经从康奈尔大学文理学院转到哥伦比亚大学杜威门下钻研哲学。

可以看看当时的留学规定。根据1908年10月28日中、美两国政府草拟的派遣留美学生规程,可以了解一下。比如,自退款的第一年起,清政府在最初的四年内,每年至少应派留美学生一百人,自第五年起,每年至少要派五十人赴美,直到退款用完为止。

这一项是总体目标,应该基本实现了。比如,被派遣的学生,必须是"身体强壮,性情纯正,相貌完全,身家清白,恰当年龄",中文程度须能作文及有文学和历史知识,英文程度能直接入美国大学和专门学校听讲,此外,他们中应有80%学农业、机械工程、矿业、物理、化学、铁路工程等,20%学法律、政治、财经、师范等。这一项是对留学生的考核要求和学业要求。有意味的是,迄今为止,我们留学海外特别是美国的学生,申请农林理工专业,还是远比申请文科专业容易。换句话说,美国在对待中国留学生的政策上,几乎一百年没变。跟今天的留学环境差不多,能够获得庚子赔款留学机会的学生,一则要有文学、历史和英语学业基础;二则家境不错,能够负担起一些生活用费。此外,庚子赔款留学生中的相当一部分人,起初申请的专业跟最后学成的专业大相径庭,这是因为:一则在欧美国家特别是美国的大学学习期间允许转专业;二则一些留学生申请理工科是权宜之计,他们真正的兴趣还是人文学科。胡适便是一例。胡适最初申请的是康奈尔大学农学院,后来转到文理学院,最后又考到哥伦比亚大学攻读哲学博士学位。庚子赔款留学除了美国之外,后来英、法、荷、比等增加进来。庚子赔款留学生总数不详,但这批借由庚子赔款留学海外的学生后来大多成长为中国现代史上的政治、科学、文化界的精英。推断其因,大概是他们基本上是家世不错的少爷和小姐,在国内接受过较好的人文教育,经由庚子赔款项目,又有机会接受西方现代科学文化教育,眼界和功底都不错,回到国内,只要他们能够踏踏实实在某个领域耕耘,基本都属于开天辟地,能建创业之功。

新文化运动是由文字革命开始,最先开始的是早期留美的青年学生。1915年,美国东部中国留学生成立文学科学研究部,胡适担任该研究部的文学委员。其间,有感于旧有的语言方式对思考和表达的严重桎梏,胡适大力提倡简易文体和对话体写作。从安徽教育出版社2006年出版的《胡适留学日记》中,我们可以清楚地看到胡适当年的思想。在1914年到1916年这三年的日记里,胡适记载了对文字、文体问题的一系列思考,写了不少白话诗,对古人诗歌也做了评论。我粗略地数了一下,这一段时间涉及诗歌的文章有三十来篇,如《诗贵有真》《三句转韵体诗》《秦少游词》《诗乃词之进化》《陈同甫词》《刘过词不拘音韵》《山谷词带土音》《杨、任诗句》《答梅覲庄——白话诗》《答覲庄白话诗之起因》《杂诗二首》《一首白话诗引起的风波》《杜甫白话诗》《打油诗寄元任》《宋人白话诗》《改旧诗》《白话律诗》《打油诗一束》《打油诗又一束》《写景一首》《打油诗》等。顾名思义,这些文章的主题从题目几见端倪。

显然,力主白话文写作并率先用白话文写诗的胡适,对于古诗并非不喜欢,更不是不懂。从胡适对宋诗的研究就能看出,胡适的古典诗文功底深厚。中国是个出诗人的国家,这就好比有的民族是歌舞民族,从学会说话走路,就开始唱歌跳舞。中国人的感时伤怀、生离死别、场合应酬、抒怀言志,无一不用到诗。唐诗是中国诗歌的高峰,宋诗较之唐诗,偏重理趣。胡适喜欢宋诗,可能也与其性情爱好有关。本质上,胡适不是一个浪漫的诗人,他是一个理性而随和的学者,这从许多人关于胡适的印象中也能看出。胡适性格中的学者气大于其文人气,这也是胡适在文学创作上成就并不突出的一个重要原因。换句话说,这也不是他的追求。这一点是他跟鲁迅的区别。鲁迅的前面尽管有革命家、思想家等定语,但终其一生,鲁迅作为一个作家,始终没有停止创作实践。而胡适公开说文学只是他的爱好,他的职业是哲学。相对而言,在哥伦比亚大学上学这段时间,也是胡适文学创作较多的时期。其间,胡适写了许多打油诗,既出于"拨乱反正"、文体探索的需要,也是天性使然。胡适广交朋友,擅长演讲,性格幽默平和,人又聪明,写打油诗体现了其对语言使用的一个原则:晓畅明白。

在日记中,胡适主张,写诗第一贵真——真切、真实、真情;第二讲畅白,畅白涉及文字形式,也涉及内容,他认为写作要平易近人;第三讲韵律。

第一点最好理解。在此插播一下,《两只蝴蝶》最打动我的,恰恰就是一种石破天惊的"真"。今天,我们男女相爱互相表白是可以畅所欲言的,但是,一百年前的中国,刚刚从皇帝的龙袍下解放出来的中国社会,前一刻还男女授受不亲,后一刻则公然用语言来表情示爱,这是文字的革命,更是观念的革命,冲破的不只是文字本身的束缚,更是理学观念的重重枷锁。言之有物,不无病呻吟,这也是"真"所要提倡的文学主张。继续联想到今天的白话诗,许多诗反倒越写越复杂,越来越看不懂了,白话还是白话,诗却不是原来的诗,所指和能指缺乏严密的逻辑关联。

  第二点是文字革命的具体表达。提出这一点,从中国文字的传承来看,是有基础的。中华文明之所以在民族和国家变动不居中依然根脉不断,文字和文化始终一脉相承很重要。胡适认为白话文革命不是空穴来风,从宋诗开始就有"白话诗"之说,这说明白话的基础很扎实。胡适的这个观念,在东部留学生中一开始并没有产生什么反响,这让胡适感到孤独。这些留学生因为受过很好的中国传统文化教育,对中国古典诗词难以忘怀,这是正常的,毕竟中国古典诗词是中国文化的精华之一,它在巅峰时期的美是无与伦比的。但是,一个时代有一个时代的文学和文字,这是就具体形式而言。到了晚清和民国,科举八股文以及其他各种形式主义化的文字,无论作为公文文体,还是作为诗文写作,已经严重不适应剧烈变化的时代生活。

前两点好理解。第三点关于韵律的主张,往往被后来的我们忽略,我想多说几句。胡适不是反对死气沉沉的旧体诗,主张用白话文写诗吗?韵律不是旧体诗的遗产吗?与有韵律的古诗相比,白话文写诗要不要押韵,怎么构造意境,是大家感到困惑的地方。这些问题特别重要,解决得好不好,决定了中国新诗出不出成果。

两只蝴蝶

胡适

两只黄蝴蝶,双双飞上天;
不知为什么,一个忽飞还。
剩下那一只,孤单怪可怜;
也无心上天,天上太孤单。

第一,用白话文写诗,并不代表不要韵律。新诗与古诗之别,以及优劣之分,是一百年来被议论不休的议题。其中最直接的问题是,新诗到底要不要韵律?近年来新诗越写诗味越淡,什么原因?回过头来看新文化运动,会发现哪怕是写打油诗,也不会认为韵律是个问题,即诗歌自然是要关注节奏的。胡适的《两只蝴蝶》,赵元任的《教我如何不想她》,鲁迅的《我的失恋》,郭沫若的《凤凰涅槃》《地球,我的母亲》《炉中煤》《女神》等,这些白话诗的第一批成员,都具有较强的节奏和音乐性。郭沫若是这个时期的代表,他特别推崇纯情感流露的、无任何矫饰的诗歌写作,认为优秀诗歌的节奏应该是内在情绪的涨落,而认知是情绪内核的扩展和升华。虽然郭沫若后期的诗所受非议很多,但其诗歌理论及其前期的诗歌实践在中国新诗史上占有重要地位。我们的古典诗词特别讲究音韵合辙,到了胡适、鲁迅,即便用白话写诗,也基本押韵。"两只黄蝴蝶,双双飞上天;不知为什么,一只忽飞还。剩下那一只,孤单怪可怜;也无心上天,天上太孤单。"《两只蝴蝶》全文不过四十字,除了"也无心上天"这一句,"天""还""怜""单"都合韵,朗朗上口,易懂好记。中国是诗歌大国,早期中国人似乎会说话就会咏诗,比如大家都知道《诗经》里的国风是朝廷采诗官摇着铃从民间采集而来的。看《诗经》以及唐诗也会发现,比较起技巧,从发生学的角度,诗歌写作重在言志抒怀,而只有把诗写得好看,让人能唱能诵,志和怀才能尽其意走得远。这也是当年白居易等写诗提倡翁妪能诵的思想基础。再从文字发展史看,中国普通百姓受教育面普遍不大,许多文学形式通过口头流传,才能起到作用。口头流传,对文字的语言性、音乐性要求较高。今天能够流传下来的唐诗宋词,并不是唐诗宋词的全部,经由漫长的时间能够流传下来,与宋以后印刷术的发达有关,但最重要的还是诗歌本身的音韵节奏有助于口口相传。

第二,用白话文写诗,也要讲究意境构造。《两只蝴蝶》便是实践成果。就文本而言,这是一首小型叙事诗,用动作和细节描写两只蝴蝶的合与分,"双双飞""忽飞还""怪可怜""太孤单",这些富有鲜明情感色彩的词语,很容易让人联想到早期的诗歌,比如汉乐府《江南》。《江南》里方位词的变化,映衬着不变的坚持的"鱼戏"这个场景,强化和放大了现场。没有人因此觉得它写得单调,反而被这种情绪感染。今天我们的诸多流行歌曲和民谣也是用这种旋律和意境的重复来"叠景"。到了鲁迅写《我的失恋》这首诗,因是故意调笑张衡的《四愁诗》,故此步其韵而写,使用的全是白话文。《四愁诗》写相思之苦,原诗四段,每段七句,从每段第四句开始相继出现"美人赠我金错刀,何以报之英琼瑶""美人赠我琴琅玕,何以报之双玉盘""美人赠我貂襜褕,何以报之明月珠""美人赠我锦绣段,何以报之青玉案"。鲁迅写《我的失恋》,把每段第四句开始改成"爱人赠我百蝶巾;回她什么:猫头鹰""爱人赠我双燕图;回她什么:冰糖壶卢""爱人赠我金表索;回她什么:发汗药""爱人赠我玫瑰花;回她什么:赤练蛇"。"百蝶巾"对"猫头鹰","双燕图"对"冰糖壶卢","金表索"对"发汗药",等于是诗意有情之物对干巴甚至恐怖的实物,这种错位的意象使用,形成鲜明对比,让人忍俊不禁,达到讽刺效果。

第三,以白话文写诗,要有趣味。现在,我们常常拿来开玩笑的两首白话诗《两只蝴蝶》和《我的失恋》都是大师之作。胡适和鲁迅两位大师被广泛打趣,原因在于大家觉得这两首诗超越了大师的平常"文格",写得滑稽、有趣。没错,滑稽、有趣,是美学的一种趣味。新月派代表诗人徐志摩在《民国最美的情诗》一文中,大赞胡适这首诗写得"晓畅明白,通俗感人"。"晓畅明白,通俗感人",正是早期白话诗提倡的美学趣味。当然,并不是所有的人都能接受诗歌这种趣味的变革。当时就有人提出批评,比如学衡派教授胡先骕写了一篇两万多字的批评文章,言其"死文学也,其必死必朽也。……胡君辈之诗之卤莽灭裂趋于极端,正其必死之征耳"。今天,同样也有许多人对胡适的诗歌不以为然,比如台湾诗人余光中就认为"胡适等人在新诗方面的重要性也大半是历史的,不是美学的"。余光中的观点代表了很多后来人对胡适早期白话诗歌成就的认知。唐诗以其意象、意境隽永深致被大家喜欢,到了白话诗的时候,仍然需要用白话文构造意境并产生美感。诗人用白话文写诗,构造意境的本事倘若丢了,诗歌光剩下浅白,也就没有诗味了。

胡适不仅提出了用白话文写诗这个主张,并且身体力行。与胡适同时代的鲁迅与胡适的侧重点不同,鲁迅是纯粹意义上的作家,是文体学大家,诗歌、小说、散文、杂文,无一不精,因此后来在白话文创作上的成就要远远大于胡适。鲁迅对于诗歌,无论古体还是新诗,都写,并相当有水准。关于如何用白话文写诗,鲁迅有很多理论思考。就以打油诗《我的失恋》为例,用鲁迅在《野草》英文译本序里的话,是"因为讽刺当时盛行的失恋诗,作

《我的失恋》","不过是三段打油诗,题作《我的失恋》,是看见当时'啊呀阿唷,我要死了'之类的失恋诗盛行,故意作一首用'由她去罢'收场的东西,开开玩笑的。这首诗后来又添了一段,登在《语丝》上了"。由这段话,不仅知道鲁迅写这首诗的心理历程,而且一个活泼幽默、充满情趣的鲁迅跃然纸上。这与后来被刻板化和严肃化的鲁迅形象迥然不同。没错,正如许多研究者所言,鲁迅既有其严肃、庄重、"横眉冷对"的一面,也有其平易、诙谐、"孺子牛"的一面。"创作新诗有没有句式?有。句式不变,调韵甚至也不变。诗情,诗心,都为之一变",对这首《我的失恋》的评论,真是太到位了。

今天,我们谈论五四新文化运动,谈什么?当然首先是谈它的思想文化意义。五四新文化运动开宗明义,倡导民主和科学,反对专制和愚昧、迷信,提倡新道德,反对旧道德。五四新文化运动发生在西方列强用枪炮打开中国大门,中国旧有制度和文化已经完全阻碍社会发展进步,和以当时的国力,政府无法保障领土安全之际,中国新民主主义革命以思想文化革命为圭臬,最大成果是"开天辟地",建立新社会、新制度和新政权。五四新文化运动的巨大贡献,或者说完成了的工作,是文化和思想的启蒙。因此,今天我们纪念五四新文化运动,要把它放到具体的历史环境里,充分认识它已经结束的使命和尚未完成的使命。五四新文化运动的思想文化革命,对民族成长和国家建设的作用不是一蹴而就的,当然也就不是阶段性和短期的工作。

五四新文化运动之新,是毫无疑义的。五四新文化运动高举的一面大旗,就是提倡白话文、反对文言文,提倡新文学、反对旧文学。从历史的漫长的坐标来看,新和旧都是相对而言的。但是在历史的转折点和转型期,新和旧会表现为突变和质变。五四新文化运动拉开了新文学的大幕,中国现代文学从此走上了历史舞台。旧文学和新文学之别,首先表现为语言形式之别,即白话文和文言文之别。这是断裂式的差别。对于写作来说,语言是一种形式,但是在语言与语言之间,语言本身就是思想、文化、观念,也即内容。不同的语言具有不同的情感习惯和逻辑习惯,甚至思考习惯。比如同样是小说,曾朴的文言文小说《孽海花》等,虽然开近代小说写作之先河,但我们也不会称之为新文学。新文学要从鲁迅发表《狂人日记》算起。语言的这个变革在明面上,容易辨析。用白话文写作,形成新的文体,比如新诗。五四新文化运动开启的文学样式,新诗即便不是其中最引人注目的那颗钻石,也是最富有含义的那朵玫瑰。

因此,如何认识五四新文化运动,还有一条相对缩小的线路,即五四新文化运动的文学路线。

保护徽学

远山悠悠,绿水长长,畴头漫谈"子曰",坊间常诵"诗云"。不是国画胜似国画的徽州,拂去岁月的风尘,在满目的钢筋水泥墙丛中,愈显其古朴沉静的底蕴。

天然质朴的山水人情自不待言,历史的厚重使美丽的徽州愈加魅力四射。前不久,在偏居皖南一隅的绩溪县城召开的国际徽学研讨会吸引了近百名中外学者,研讨范畴涵盖文化、经济、法制、思想、社会等多方面,提交的论文无论是选题还是研究深度都达到新的水平。正值区域文化研究逐渐降温之际,作为与久负盛名的敦煌学、藏学齐名的中国三大地方学之一的徽学研究的中兴意味着——抖落千年的风尘,托起沉甸甸的历史。

徽州,古称新安,今易名黄山市,位于安徽的南部,东邻浙江,南接江西。明清时期,此地文化极其发达,有"礼仪之邦""东南邹鲁"之誉。

徽州文化的内涵十分丰富。宋代以后,徽州人在文化领域里建立和创造了许多流派,这些流派几乎涉及当时文化的各个领域,并且都以自己的特色在全国产生较大影响,如新安理学、徽州朴学、新安画派、徽州篆刻、徽派版画、徽剧、徽州刻书、新安医学、徽菜、徽派建筑等十大流派,以及徽州雕刻、徽派盆景、徽州漆器、徽州竹编、文房四宝(徽墨、歙砚、澄心堂纸、汪伯立笔)、徽州方言等,简直不能尽数。由以上所罗列的内容可见,徽州不仅是程朱桑梓、道学渊源,还是艺术的家园,许多艺术门类在这里得到创造性的发展。近年来,艺术界对此已给予充分研究和论述,此不赘言。

尤为珍贵的是,在徽州或多或少都能寻觅到各类"文化"的踪迹。据《徽州地区简志》记载(未包括江西婺源县),全区现有的五千多处地面文物中,仅省级以上重点文物保护单位就有三十六处;馆藏文物五万余件,尚不包括民间私藏。在大量的地面文物现存中,最有特色者当属古建筑。据不完全统计,境内现存古建筑四千七百余处。古建筑中最多的又是古民居的现存,有近四千幢。黟县西递村存有明清民居三百余幢,保存完好者一百二十四幢,街巷布局依然如旧,建筑古朴典雅,被国内外建筑学者誉为"世界上保存最完好的古民居建筑群"和"世界上最美的村镇"。"牌坊之乡"歙县现存各式牌坊八十余座,耸立在县城的"许国牌坊"为明代嘉靖、隆庆、万历"三朝元老"许国所建,是全国重点文物保护单位。

"文物之海","立多破少"。

没有创造,就没有生命。没有承传,就没有根基。没有徽州人的文化珍藏,就没有徽州文化的今天和未来。

五千年的中华文化度过漫长曲折的沧桑岁月,多遭毁坏乃至湮没,犹能"健在者"很少。徽州能有如此之丰富的现存,不能不说是个奇迹。长期以来,史家将之归功于"立多破少"。即徽商的鼎盛和"以学进仕者众",积聚了大量的商业资本与官宦资本,构成徽州文化兴盛的原始物质基础;与此同时,徽州周缘的崇山峻岭使其历史上很少被战事波及,文化遗存被破坏得少。

事实上,许多学者和徽州地方文化工作者都认为,徽州文物保护之所以如此完善,与徽州深受程朱理学影响、文化崇敬之风深入民众这一客观事实休戚相关。据说,当年"文革"浪潮也曾凶猛地冲击徽州,是老百姓偷偷地用灰浆抹盖,才使黟县宏村承志堂等数处金碧辉煌的木雕得以幸存。记者采访中国科学院历史研究所研究员周绍泉时,他除了确认这一传说外,还强调,徽学始兴与20世纪50年代徽州文书的面世有关,而徽州文书的保存及发掘就有赖于百姓的自觉收藏和无私奉献。

半个世纪以来,徽州地区的历史,由于传世的文化典籍丰富,早已引起国内外学者的注目。近年来,又因发现大量的明清徽州契约、地主家账簿等文献资料,更引起学者们的重视。现存文献资料的丰富,为对徽州各方面历史做系统研究提供了可能。

谈及徽州契约搜集的佳话,历史学家陈高华颇有些沉痛地指出,历史上与徽商齐名的晋商等其他商帮迄今未形成研究规模,就是因为缺乏大量的第一手资料,从而导致了许多重要历史的断流。徽州的文化时尚应多多提倡。

"欲识金银气,多从黄白(黄山和白岳)游。一生痴绝处,无梦到徽州。"明代著名戏剧家汤显祖一语双关的五言绝句道尽徽州往昔的灿烂荣华。披阅徽州的历史,记者在为其盛况倾倒欢欣的同时,也"勾起"一个疑问:距离徽商"盛时"不过百余年,徽州的经济已呈相对衰退之势,除了躺在历史的怀抱里沾沾自喜外,如何合理地盘活祖宗的文化遗产,为后人创造出更加丰厚的历史?